MANFRED THEISEN

Angst sollt ihr haben

DER AUTOR

Der Autor und Politologe Manfred Theisen arbeitete als Zeitungsredakteur und forschte im nahen Osten und Russland. Heute lebt er mit seiner Familie in Köln.

Weitere lieferbare Bücher bei cbt:

Amok (30175)
Täglich die Angst (30363)
Weil es nie aufhört (30902)
Checkpoint Jerusalem (31107)
Checkpoint Europa (31076

Mehr zu cbt auch auf Instagram @hey_reader

Manfred Theisen

Angst sollt ihr haben

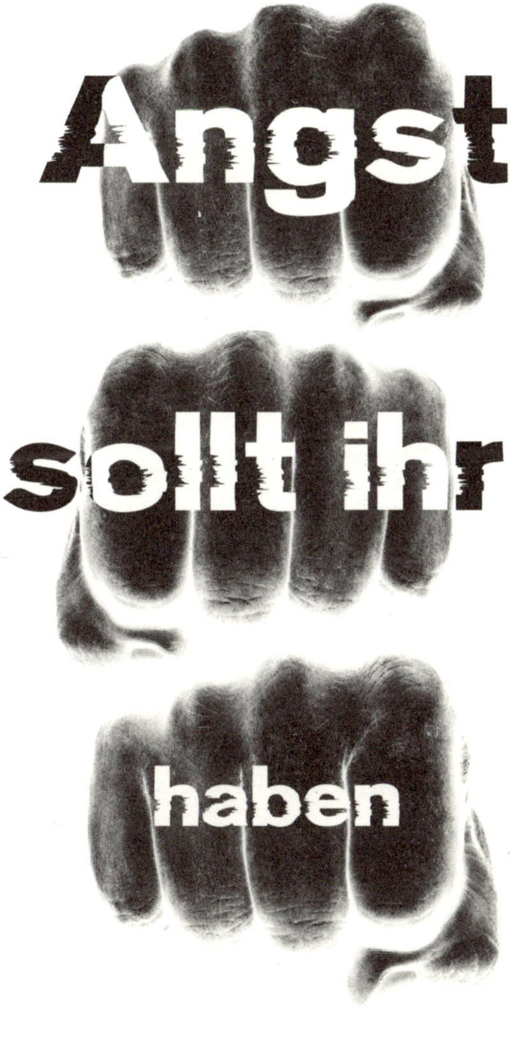

cbt

Sollte diese Publikation Links auf Webseiten Dritter enthalten, so übernehmen wir für deren Inhalte keine Haftung, da wir uns diese nicht zu eigen machen, sondern lediglich auf deren Stand zum Zeitpunkt der Erstveröffentlichung verweisen.

Dieses Buch ist auch als E-Book erhältlich.

FSC
www.fsc.org
MIX
Papier aus verantwortungsvollen Quellen
FSC® C083411

Verlagsgruppe Random House FSC® N001967

1. Auflage
Originalausgabe Oktober 2017

Umschlaggestaltung: init | Kommunikationsdesign, Bad Oeynhausen
unter Verwendung mehrerer Motive von
© Thinkstock/iStock/grandeduc
he · Herstellung: eS
Satz: Buch-Werkstatt GmbH, Bad Aibling
Druck und Bindung: CPI books GmbH, Leck
ISBN: 978-3-570-31154-7
Printed in Germany

www.cbt-buecher.de

Vor dem Knast hätte ich nie gedacht, dass ich einen Brief schreiben würde, und jetzt ist er buchdick geworden. Ein Roman ohne Wenn und Aber. Ich habe vor Gericht ohnehin schon alles zugegeben. Deshalb sitze ich hier seit Monaten schreibend in der Zelle meine Strafe ab. Jeden Tag stehe ich um die gleiche Uhrzeit auf, gehe zur gleichen Zeit schlafen, habe jeden Tag um die gleiche Zeit Frühstück, Mittag- und Abendessen. So einfach es sich anhört, diese Ordnung im Tagesablauf hat Ordnung in mein Leben gebracht. Ich trinke keinen Alkohol mehr und hatte seit Monaten nur noch ein Ziel: dieses Buch. Manche steigen auf einen Berg oder gehen in die Wüste; ich musste anscheinend in den Knast, um endlich meinen Weg zu mir zu finden.

Vor einem halben Jahr war hier in der Bibliothek ein Schriftsteller. Er hat aus seinem Buch vorgelesen. Aber hauptsächlich hat er uns gezeigt, wie man einen Roman schreiben kann: »Sitzen, denken, die Gedanken gleiten lassen, tippen, mit der Hand schreiben, egal, auf alle Fälle sitzen und Gefühle zeigen, eigene Gefühle und keine ausgedachten. In jedem von euch stecken alle Gefühle für alle Figuren eurer Geschichte – und diese Gefühle gilt es aufzuschreiben.«

Ich schreibe täglich etwa vier Seiten auf dem Laptop. Am

nächsten Tag lösche ich zwei oder drei davon, aber ein bis zwei überarbeitete bleiben mir.

Das Ergebnis liegt gerade vor dir.

Der Schriftsteller sagte mir: »Du kannst nur denken, was du auch sagen kannst. Und um deine Sprache zu verbessern, solltest du lesen. Lesen und schreiben, schreiben und lesen. So wirst du Stück für Stück in jede Ecke deiner Seele schauen. Das Wort ist die Königin der Drogen, die einzige Droge, die dein Bewusstsein wirklich erweitert. Also beginne! Schreibe Worte und Gedanken auf. Schreibe deine Geschichte.«

Was er nicht ahnte: Das Schreiben beruhigte auch meine Wut.

Es ließ das Rot in mir schmelzen.

Ich bin ein ruhiger Mensch geworden.

Und schreibe Tag für Tag die Ruhe in mich hinein.

Es ist zu meiner Natur geworden wie das Ein- und Ausatmen. Und ich habe Sätze gelesen wie von Nelson Mandela: »Willst du Frieden mit deinen Feinden haben, dann arbeite mit deinen Feinden und sie werden deine Partner.« So habe ich mit jedem Atemzug und jeder Zeile erkannt, worauf es im Leben ankommt und was ich falsch gemacht habe.

Daher bitte ich dich: Lies meine Geschichte. Damit du nie wieder sagen kannst: »Ich habe es nicht gewusst.« »Ich muss doch zur Schule.« »Ich muss zur Arbeit.« »Will lieber am PC oder an der Konsole zocken und aufs Handy schauen. Oder einfach nur chillen, weil die Welt sich ohnehin von alleine dreht. Weil ich sowieso nichts ändern kann.«

Aber jeder kann etwas ändern.

Ich habe es auch getan.

Denn du kannst dich ändern.

Du kannst und sollst die Welt gerechter machen!

Bedenke: Es gab noch nie so viel Wissen über das Elend der Menschen und noch nie so viele Menschen, die nichts davon wissen wollten. Es gab noch nie eine Gesellschaft, die so mobil war und gleichzeitig so träge ist. Keine Gesellschaft war je so satt und so hungrig, redete so viel von Demokratie und Frieden und war gleichzeitig so kriegerisch. Wir hatten noch nie so perfekte Naturfilme und haben noch nie die Natur so stark zerstört. Wir schwenken Regenbogenfahnen und verkaufen Gewehre. Kurz: Keine Gesellschaft kannte ihre Fehler je so gut wie unsere und fühlte sich so machtlos in all ihrem Überfluss.

Und ich? Ich war blind vor Wut und Selbstsucht.

Das Rot überstrahlte alles in mir.

Ich hatte Kameraden, die ebenfalls blind vor Wut waren. Einige von ihnen werden mich wegen dieses Buchs einen Verräter nennen. Sie werden mich mit Hass vor dem Gefängnistor erwarten, wenn ich nächsten Monat wegen guter Führung vorzeitig entlassen werde. Doch ich habe niemanden verraten. Ich will nur meinen Weg gehen. Und will dich warnen.

Ich bin nicht mehr stolz auf Deutschland, auf meine Nation.

Stolz und Ehre riechen nach Rechthaberei, Krieg und Tod.

Ehre hat noch kein Bein wieder angenäht, noch keiner Mutter ihren Sohn zurück gebracht. Vielleicht bist du stolz, ein Deutscher zu sein, ein Türke, ein Russe, Albaner, Araber oder Amerikaner. Aber was soll dieser Stolz? Wem dient das? Einer Flagge? Oder damit du dich größer und stärker fühlst?

Werde endlich wach und schau dich um!

Pflege lieber deine Eltern oder den Nachbarn, wenn sie alt sind! Oder spende Geld für die Bedürftigen! Tu etwas für die Leute in deiner Umgebung. Versuch keine Geschäfte zu machen, bei denen du gewinnst und ein anderer verliert. Versuch nicht, mit Zinsen dein Kapital zu mehren und clever zu sein. Und behandele die Leute in deiner Stadt, deinem Dorf, deiner Straße sorgsam, als seien sie deine Freunde.

Es gibt kein Gesetz, das dir sagt: Du sollst egoistisch sein!

Am Ende sagt mir vielmehr jedes Wort in allen wahren Büchern das Gleiche:

Gerechtigkeit und Würde.

Danach sollst du streben. Und nicht nach einem Vaterland. Und schon gar nicht nach Besitz.

Deshalb bewundere nie das Geld der Reichen und verstoße nie jene, die anklopfen, wenn sie deine Hilfe benötigen.

Ich habe dieses Buch geschrieben, damit du nicht wie ich auf die Sprüche der Populisten und Demagogen wie Erik und Alexander hereinfällst.

Glaube an Gerechtigkeit, selbst wenn sie dir nicht widerfahren ist.

Vielleicht war ich noch vor Kurzem dein Feind. Dann musst du dieses Buch unbedingt lesen, denn du solltest deinen Feind kennen, sonst lauert er dir in einem U-Bahn-Schacht auf und trägt eine schwarze Sturmhaube so wie ich es getan habe – vor genau siebzehn Monaten in der U-Bahn-Haltestelle Appellhofplatz in der Kölner Innenstadt. Oben im alten Gerichtsgebäude wird Recht gesprochen, aber unten in der U-Bahn herrschte ich …

1. DER SCHLAGRING

Die Gänge sind gekachelt und lang. Einsam ist es hier um diese Uhrzeit. Überall sind Kameras installiert. Damit nichts passieren kann. Der Bürger soll sich sicher fühlen, wie ein Gefangener im Hochsicherheitstrakt. Alle sind gleich in dieser Kölner U-Bahn-Station, alle könnten Verbrecher sein oder Opfer. Jeder soll die gleiche Identität haben, soll sich in dieser einen Welt sicher fühlen. Eine Welt gleicher Menschen: Mann und Frau und egal welcher Hautfarbe.

Dabei will das keiner. Kein Moslem und kein Deutscher, kein Jude und kein Franzose. Keiner will diese Gleichheit. Das ist alles Quatsch und eine große Lüge. Denn wir wollen in Wirklichkeit eine Welt der Vielfalt und verschiedene Kulturen. Du sollst in ein Land fahren können und eine andere Kultur kennen lernen, andere Bräuche, anderes Essen. Und nicht in jedem Land den gleichen Mix von Kulturen. Überall Gyros und Pizza, Kefir und Kebab und in den Einkaufsstraßen überall die gleichen Läden aus aller Welt. Diese Eine-Welt-Bürger sind feige wie Lämmer, denn sie wissen, dass sie im Unrecht sind. Für sie ist die Welt ein Supermarkt. Das ist widerlich.

Der Schlagring auf meinen Fingern der rechten Hand ist kühl. Ich schwitze unter der Sturmhaube. Die Baumwolle kratzt auf meinem Gesicht. Die gekachelten Gänge hier in der U-Bahn-Station scheinen unendlich lang. Der Typ vor mir hat schwarzes Haar und Ledersohlen, die auf dem Boden klacken. Wenn du oben auf der Straße gehst, laufen auch nur Schwarzköpfe rum. Das Gute an den Arabern ist, dass du sie riechen kannst. Sie tragen die gleiche Kleidung wie du und sind trotzdem Araber. Dürr ist er, Beine wie Spargel und die Haare kurz geschnitten wie die von einem Skin. Ich folge ihm – Schritt für Schritt. Gleich werde ich ihn eingeholt haben und dann ... Ein zweiter Araber kommt ihm um die Ecke entgegen. Ebenfalls Stoppelbart, aber lange Haare. Sie schlagen ein, noch mal, nehmen sich in den Arm.

Wie schwul ist das denn?

Ich hasse Araber!

Sie sehen kurz in meine Richtung.

Ob sie Angst haben?

Glaube nicht, denn ich bin alleine und sie sind zu zweit. Ein Araber alleine würde niemals einen Weißen angreifen. Erst wenn sie in der Überzahl sind, fühlen sie sich stark und begrapschen die Leute, tanzen Frauen an und werden frech. In Chicago und New York haben die Leute gegen Trump demonstriert, weil er die Araber nicht mehr in die USA einreisen lassen will. Diese Demonstranten sind so naiv. Glauben die, dass sich auch nur ein Araber für unsere Rechte stark machen würde?

Die beiden Araber kommen jetzt in meine Richtung und wollen bestimmt gleich die Rolltreppe runter zur Linie 5. Genau wie ich. Sie gehen an mir vorbei, aber sie schauen nicht in meine Richtung.

Was für ein feiges Pack!

»Hey! Ihr Kaffer!«, rufe ich den Ölaugen zu.

Die beiden reagieren und drehen sich um.

»Hab ich gesagt, ihr sollt stehen bleiben?«

»Willst du was?«, fragt mich der Kurzhaarige. Seine Zähne sind gelb und groß.

Ich sage: »Was denkst du? Warum stehe ich hier mit diesem scheiß Teil überm Kopf?«

Er hat die Hände tief in der Lederjacke vergraben und kommt mir näher – ganz nah.

»Weißt du überhaupt, was Kaffer bedeutet?«, fragt er mich großkotzig.

»Dass du und der da« – ich deute auf seinen Freund – »nicht an Deutschland glaubt und nicht hierher gehört! Ihr seid Ungläubige. Das heißt Kaffer! Ungläubige!«

»Du spinnst doch! Lass uns in Ruhe!«, sagt er und macht einen auf cool.

Wie bescheuert muss einer sein, dass er beide Hände in der Jackentasche vergraben hat?

Das ist eine Einladung für mich. Ich zeige nach oben, er guckt hoch, ich fahre die Rechte aus und er kriegt eine Gerade genau unters Kinn – exakt auf den Kehlkopf. Das hat der Wichser nicht kommen sehen. Auch nicht meinen Schlagring. Er bricht zusammen, windet sich auf den Fliesen wie ein Wurm. Der andere glotzt nur blöd. Ich gehe auf ihn zu und trete seinen Freund, der auf dem Boden liegt, so lange bis ihm das Handy aus der Hose fällt. Ich sage ruhig: »Samsung. Sowieso Scheiße.« Und trete drauf.

Dann schreie ich den anderen an: »Hilf ihm!« Ich hebe die Hände, als würde ich mich ergeben. »Schlag schon! Schlag mich! Oder hast du Schiss?!«

Er schlägt nicht, denn bestimmt scheißt er sich gerade in die Hose. Was für Loser! Ich sehe ihn jetzt ganz nah. Die Sturmhaube bringt mich fast um, so heiß ist es unter diesem verfluchten Teil. Wegen diesem Kaffer muss ich das tragen. Seine Haut ist grob. Ich gebe ihm eine Kopfnuss. Es knackt. Er blutet sofort aus der Nase, hält sie sich und sieht mich entsetzt an. Das tut weh, aber Schmerz muss sein. Sonst geht er nicht zurück in sein verfluchtes Syrien.

»Lauf!«, schreie ich ihm ins Gesicht. Er rührt sich nicht. Selbst schuld. Denn jetzt befehle ich ihm: »Gib mir dein Geld!«

Er lässt seine Nase los. Das Blut tropft rot auf sein weißes Hemd und die grauen Fliesen.

Ich wiederhole lauter: »Gib mir dein Geld!«

Er zieht sein Portemonnaie aus der Jeanshose.

»Jetzt gib mir das Portemonnaie von dem Wichser!«

Er geht in die Hocke und durchsucht die Hosentaschen von seinem Freund. Das dauert mir zu lange. Ich verpasse ihm eine Kopfnuss. »Mach, beeil dich!«, sage ich, während er endlich in der Innentasche der Jacke das Portemonnaie findet. Es in der Hand haltend, will er wieder aufstehen. Ich schubse ihn. »Hab ich dir erlaubt aufzustehen? Ruf lieber die Polizei.«

Er glotzt nur blöde. Schwarze dumme Ölaugen.

»Was hab ich gesagt? Ruf die Polizei an!«

Dabei tätschele ich ihm die Wange. »Mach schon, du Siri. Oder bist du kein Siri? Haben dich die Türken geschickt, damit wir dich töten? Du bist ein Paket von Erdogan und jetzt bist du dran?«

Er sagt nichts. Bestimmt ist er ein Syrer. Doch er war nie im Krieg. Ein Krieger würde sich wehren. Diese ganzen Kanaken kommen nur, weil es ihnen hier tausend Mal besser geht. Das sind alles Schmarotzer. »Also. Ruf jetzt die Polizei an.«

Er zückt sein Handy und weiß nicht, was er tun soll. Araber sind einfach zu blöd. Ich rieche den Unterschied von Türken und Arabern. Türken haben was drauf, die kacken auch braun, genau wie wir. Ich habe im Karate mit zwei Türken zusammen trainiert. Die waren beide fit und schlau. Erdogan ist ihr Führer. Die haben Eier in der Hose, um sich einen anständigen Führer zu wählen, so wie wir es getan haben.

Ich mag Erdogan. In seinem billigen C&A-Anzug lässt er die Welt nach seiner Pfeife tanzen. Wir haben die Juden umgebracht und die Türken die Armenier und jetzt machen sie die Kurden kalt. Und die Welt guckt zu. Besser kann es nicht kommen. Sie erledigen unsere Aufgabe. Aber am Ende machen wir die Türken platt, genau in dem Moment, wenn sie glauben, gewonnen zu haben.

Ich schreie den Siri an: »Glotz nicht so! Tipp schon! Eins, eins, null. Du Spasst!«

Er tippt. Deutsch versteht er also.

Es ist so still in diesem gekachelten Schacht, dass ich das Tuten aus dem Handy hören kann. Dann eine Stimme am anderen Ende, die sagt, dass dies der Notruf der Stadt Köln ist. Wie clever die Bullen doch sind! Aber mein Araber sagt nichts, steht nur da, als hätte ihm jemand die Zunge rausgeschnitten.

Ich flüstere ihm ins Ohr: »Jetzt sag dem Polizisten, dass du überfallen wirst!«

Er zittert und schwitzt. Ich rieche Angst und ich mag ihren Duft. Angst ist das Parfüm des Untergangs. Der Kaffer spricht ins Handy: »Helfen Sie mir. Ich werde überfallen.«

Ich hebe den Daumen: »Brav hast du das gemacht. Gaaanz toll.«

Er redet. Aber er ist zu dumm, seine Position schnell und konkret zu beschreiben. Ich nehme ihm also das Handy weg und erkläre dem Bullen: »Appellhofplatz heißt die U-Bahn-Station hier. Sie sollten sich ein bisschen beeilen, sonst schlag ich die beiden Siris tot. Dann war der Deutschkurs echt für 'n Arsch!«

Ich halte dem Araber das Handy wieder hin.

Der greift tatsächlich danach. Dreist ist er also auch noch! Was bildet der sich ein? Dass ich naiv bin? Ich behalte es natürlich und trete noch einmal auf seinen wimmernden Freund ein, damit der nicht auf Ideen kommt.

Ich befehle: »Verpiss dich! Geh zurück in die Wüste. Das hier ist mein Land! Dich brauch ich hier nicht! Kapiert?«

Ich will ihn gerade niederschlagen, da fällt mir noch eine Frage ein: »Wie ist der Code von deinem Handy?«

Er sagt ihn mir und ich probiere ihn aus. Tatsächlich. Er hat nicht gelogen. Ich schlage ihm mit dem Schlagring gegen die Stirn. Sofort kippt er um. Blut läuft über sein Gesicht. Araberblut. Vor einer Woche haben wir am Neumarkt eine Schlachterplatte serviert. Vier Kaffer mussten dran glauben.

Ich höre die U-Bahn unten in den Tunnel einfahren und laufe die Rolltreppe runter. Es geht tief hinab in die Hölle. Ich mag diese U-Bahn-Station nicht. Sie ist fast immer leer. Als ich klein war, ist meine Mutter immer eine Station weiter gegangen, weil sie hier unten in der U-Bahn Angst hatte, weil niemand da ist. Jetzt gibt es hier Kameras. Keine Mutter muss mehr Angst haben. Meinen sie.

2. BAM! BAM! BAM!

Die Türen klappen auf und ich steige ein. Die Leute wundern sich über meine Sturmhaube. Sie sagen nichts. Jeden von ihnen könnte ich schlagen, einen nach dem anderen. Ich bin reich an Kraft. Sie sind schwach. Keiner würde was sagen, wenn ich jetzt den Araber hier im Waggon trete. Keiner. Ich bin zu mächtig für sie, hab zu viel Adrenalin in mir. Sie sind ohnmächtig. Ich schaue nach oben auf die Kamera und schlage sie ein. *Bam! Bam! Bam!* Das ist das Geräusch der Macht. Ein blutiger Schlagring. Ich muss an meine Kameraden denken, an Kevin, Schädel, Fritz und Max. Wenn sie mich hier sehen könnten, würde es ihnen gefallen. Wir stehen zusammen. Aber manchmal muss ein Einzelner losschlagen und Köln vom Elend befreien.

Ich sehe wieder die Nase von dem Kaffer vor mir. *Knacks.* Ich hätte ihn noch einmal schlagen sollen, mitten rein. *Bam! Bam! Bam!* Das hätte ich tun sollen. Aber ... ich grinse und schaue auf meinen Schlagring. Meine Hand ist heiß von der Wut und ich schwitze wie verrückt unter dieser Sturmhaube.

Keiner im Waggon sagt etwas. Alle glotzen nur an meinen Augen vorbei.

Ich steige am Friesenplatz aus. Es ist dunkel und die Kameras am Platz sind fast blind. Ein schwuler Blumenladen liegt links an der Venloer Straße, die nächste Straße biege ich links ab und von dort wieder in eine Seitenstraße. Hier gibt es keine Kameras. Endlich kann ich die Sturmhaube ausziehen – und wende meine Jacke von schwarz auf hellblau. Die Farbe erinnert mich an das Meer und an einen hellblauen Tag. Ich liebe diese Stadt und atme tief ein. Eine junge Frau tritt aus dem Hauseingang hinter mir. Sie sieht das Blut an meiner Hand und den Schlagring.

»Glotz nicht«, sage ich.

Sie geht. Sie hat Angst. Sie haben alle Angst. Schließlich laufen mittlerweile so viele Bekloppte durch die Straßen, dass du Angst haben musst. Ein Neger hat vor ein paar Tagen einen Deutschen mit einer Machete dazu gezwungen, ihm dabei zuzusehen, wie er die Freundin vergewaltigt. Die Neger und Araber haben Angst gesät.

Hinter der Straße liegt der Stadtgarten: Wiese und Bäume und Stadt und Sommer. *Liebe deine Stadt* steht in Köln an jeder Ecke. Im Winter ist hier ein Weihnachtsmarkt für die ganzen Gutmenschen, die immer noch ans Christkind glauben und die ein paar Gläser Glühwein glücklich macht. Alkohol mögen die Kaffer nicht. Sie hassen es wie die Pest. Früher bin ich hier mit meiner Mutter auf den Weihnachtsmarkt gegangen, denn mein Patenonkel hat hier Filzsachen verkauft. In meiner Erinnerung liegt Schnee, aber jetzt ist September und ein lauer Abend.

Auf den Parkbänken liegen Penner. Warum müssen die hier im Park bleiben, während die Araber und Neger in Häusern schlafen, die wir für sie mieten? Im Winter hat selbst der letzte Araber eine Bleibe, aber ein deutscher Penner hat nichts. Ich öffne das Portemonnaie von dem Kaffer und lege zehn Euro auf die Decke von einem schnarchenden Penner, der sich riechbar in die Hose gepisst hat. Der Penner auf der Bank daneben ist wach und lallt ein Lied. Er hat eine Flasche Korn im Arm. Ich nehme sie ihm weg. Er wehrt sich nicht, denn er sieht meinen Schlagring und das Blut an mir.

»Wenn du ihm die zehn Euro wegnimmst, tue ich dir weh«, sage ich und lasse seine Flasche Korn fallen. Noch im Flug schlage ich sie mit dem Schlagring kaputt. *Klirr!* Das ist gut. Er säuft sich ohnehin nur die Birne weg mit dem Zeug. Überall liegen Scherben im Gras und auf dem Weg.

Ich setze mich eine Bank weiter und gucke nach, was der Kaffer noch im Portemonnaie hatte: dreizehn Euro. Warum habe ich dem Penner gerade die zehn Euro auf die Decke gelegt? Manchmal bin ich zu großzügig. Der Kaffer ist wirklich ein Syrer gewesen und hat eine EC-Karte von der Sparkasse. Wie kommt denn ein Kaffer an eine EC-Karte? In den Fächern finde ich sauber sortierte Visitenkarten und mache sein Handy an. Alles ist auf Arabisch: Adressbuch, WhatsApp. Warum sprechen die Kaffer kein Deutsch? Wollen die uns verarschen? Ich schaue auf sein Facebook. Er hat eine Seite in Arabisch. Der Idiot muss doch irgendwo seine Geheimzahl fürs Konto gespeichert haben. So ein Siri kann ganz sicher keine drei Zahlen im Kopf behalten. Ich bin sauer: »So ein Wichser! Wo ist die Scheiß-Geheimzahl?!«

Ich will mich nicht ärgern. Immerhin hat der Kaffer keinen intakten Kehlkopf mehr. Aber die Wut ist wach in mir. Ich muss hier weg, mich bewegen, sonst drehe ich durch.

Am Bahnhof West steige ich in den Zug Richtung Südstadt.

Denn dort wohnt Anna.

3. MEINE WAFFE IST DAS WORT

Ich brauche keine *Waffe, denn meine Waffe ist das Wort.* Das steht dick und fett auf der Seite von **killme.** Trotzdem verkauft er Waffen. Du kannst sogar Landminen bei ihm bestellen.

Ich schreibe an killme: *Ich brauche eine Waffe, denn ich bin wortlos.*

Er fragt: *Zu wem gehörst du?*

Ich antworte: *Zu mir. Ich will die Pistole 08. Treffen und Barzahlung. 1200 Euro auf die Hand.*

Treffen will er sich nicht mit mir. Ich soll ihm die Bitcoins schicken – also die SuperMario-Methode.

Ich schreibe: *Will dich sehen.*

Er schweigt. Ich schweige ebenfalls und mache die Augen zu.

Ich brauche keine Waffe, denn ich bin eine Waffe.

Anna liegt im Bett drüben und schnarcht. Nicht wie der Penner heute auf der Parkbank, sondern lauter. Wenn ich ihr morgen sage, dass sie nachts geschnarcht hat, glaubt sie es mir wieder nicht. Sie hat die Haare offen. Jetzt, im Licht des

Bildschirms, glänzen sie auf dem weißen Kissen. Ich kann sie bis hierher riechen. Vanille ist ihr Geruch. Anna gehört zu unserer Truppe, jeder darf sie haben. Und jeder will sie haben. Eine gute Figur haben viele, aber Anna hat eine makellos kleine Nase, ihre Zähne sind so gerade und weiß wie auf einer Reklame und die Haut ist die einer Puppe. Unglaublich. Ich frage mich, warum sie kein Model oder so was wird. Ihr Geld bekommt sie von uns und von einer Wohnung, die sie von ihren Eltern geerbt hat und in der jetzt zwei Studenten monatlich brav Miete zahlen.

Sie schlägt die Augen auf und lächelt verträumt, als hätten meine Gedanken sie geweckt.

»Was sitzt du am Laptop?«

Ich sage nichts. Der Laptop summt leise, draußen ist ein Auto zu hören, das gerade an der Ampel startet. Um diese Uhrzeit schläft die Stadt. Anna stützt sich auf die Ellbogen und schiebt sich ein wenig hoch im Bett. Sie ist betrunken. Die Bettdecke hat sie heruntergedrückt. Es ist zu warm für Bettwäsche. Eine Brustwarze ist bedeckt, die andere frei. Klein sind ihre Warzen und ihre Höfe ebenfalls.

»Komm zurück ins Bett«, fordert sie und steckt sich den Finger in den Mund.

Aber dann fragt sie mich noch einmal, was ich am Laptop getan habe.

»Nichts. Ich wollte nur ein bisschen nackt dasitzen.«

Sie glaubt mir natürlich kein Wort. Ihre Augen sind braun und verschlafen. Jeder von uns hatte sie schon, egal ob Schädel oder Kevin, denn Anna ist in diesen Dingen wie ein Mann.

Sie hat einfach gerne Sex. Sie denkt nicht an eine Beziehung. Wir alle sind ihre Beziehung. Sie hält uns zusammen. Sie ist keine von diesen Zicken, die du erst lange bitten musst. Warum auch? Sie spielt ein ehrliches Spiel, nicht mit verdeckten Karten. Ich habe mal gehört, dass Pferde sich eine Leitstute wählen. Vielleicht ist ja Anna für uns so eine Art Leitstute, und wir wählen sie, weil wir alle mit ihr schlafen wollen. Und weil wir wissen, dass sie mehr fühlt als wir alle zusammen. Ich weiß, dass dies ein bisschen schräg klingt, aber ich weiß keine andere Erklärung dafür, wie sie sich verhält und wie wir uns verhalten.

Sie fordert: »Jetzt bleib nicht vor dem Bett stehen. Leg dich endlich hin.«

Ich sage: *»Parabellum.«*

»Ich weiß, dass du Latein in der Schule hattest.«

»Das habe ich nicht aus der Schule.«

»Leg dich hin.«

»Parabellum«, wiederhole ich, um sie ein bisschen zu ärgern.

»Jetzt sag schon, Schlaukopf: Was heißt das?«

»Es heißt, sich auf den Krieg vorbereiten.«

»Klingt schlau. Und das hier ist deine Waffe.« Ich muss nicht beschreiben, wo sie jetzt hinschaut und was sie nun kurz anfasst.

»Ich wollte mir im Netz gerade eine *Parabellum kaufen,* eine Pistole 08«, sage ich.

»Mir reicht *deine* Waffe. Leg dich hin und entspann dich.«

Das tue ich.

Mondlicht fällt durch das Fenster. Von draußen kommt kein Geräusch mehr. Annas Gesicht ist schmal und der Mund klein, die Lippen voll. Ich küsse sie. Sie schiebt sich weiter unter mich und flüstert mir ins Ohr, dass ich das Kondom vergessen habe.

Sofort bin ich nüchtern.

»Dann gib mir ein Kondom.«

»Ich hab keine mehr«, sagt sie. »Hast du eins dabei?«

»Natürlich nicht«, entgegne ich und will trotzdem mit ihr schlafen. Aber sie nicht.

»Och, komm«, bettle ich und lege meine Hand um ihren Nacken. Ziehe ihr Gesicht zu einem Kuss zu mir herunter. Sie trägt ein Piercing an der Unterlippe. Es ist nur ein kleiner Metallring, aber es erregt mich, wenn sie damit meine Haut berührt. Doch sie bleibt hart und sagt: »Ohne läuft nichts.« Dabei legt sie den Kopf zur Seite und macht einen Schmollmund. Dann imitiert sie mich: »Och, bitte, bitte. Ich will Sex.«

Sie lässt sich aufs Kopfkissen sinken und ich frage mich, wie ich jetzt einschlafen soll. Sie liegt nackt neben mir. Sie hat ein Tattoo auf der Schulter: eine Frau mit wehendem Haar, die ein Schwert in den Himmel reckt. Das Denkmal nennt sich: *Mutter Heimat ruft!* Es ist das Symbol für die Unbesiegbarkeit des russischen Volkes. Es wurde nach dem Sieg der Russen gegen die Deutschen in Stalingrad errichtet. Bei den Pegida-Demonstrationen in Dresden hatten die Leute auch russische Flaggen geschwenkt. In Köln schwenkt keiner Flaggen. Köln ist von Ausländern verseucht. Bald ist alles verloren, wenn wir nichts gegen die Araber tun. Sie kommen zu uns, weil sie

Deutschland lieben. Und jetzt ändern sie Deutschland, weil sie lieber so leben wollen wie in ihren arabischen Dörfern.

So liegen wir also wie zwei Jungfrauen nebeneinander, schließlich raucht sie schweigend eine Zigarette. Ich beobachte den glimmenden Stängel im Dunkeln. Meine Mutter hat mir erzählt, dass Papa früher immer neben ihr und mir rauchend im Bett gelegen habe. Ich hätte als Baby wie elektrisiert zu der Glut geschaut. Jetzt ist er tot und verbrannt. Man sagt, dass keine Energie aus dem System entweichen kann. Selbst wenn du tot bist, bleibt deine Energie – und sei es in einer Urne.

Anna drückt die Zigarette aus und meint: »Ich muss raus. Ich brauche Luft.«

»Bist du bescheuert?«

»Nein, sonst läge ich doch nicht mit dir hier.«

Sie will aufstehen, und ich lasse sie, obwohl es mir schwer fällt. Jeder anderen Frau hätte ich jetzt eine gescheuert. Aber nicht Anna. Sie kann tun und lassen, was sie will. Mit zwei Handgriffen hat sie sich die Haare mit einem Gummi hochgesteckt. Ihr Gesicht wirkt jetzt ein bisschen streng. Draußen ist es noch Nacht, obwohl in einer Stunde die Sonne aufgehen wird. Ich schaue Anna zu, wie sie ihr Kleid anzieht. Es ist schwarz und auch ihre wadenhohen Schuhe mit den hohen Absätzen sind schwarz.

Sie kommt noch einmal zu mir und gibt mir einen Kuss.

»Du hast gar keine Unterwäsche angezogen«, bemerke ich.

»Du bist ein guter Beobachter.«

»Soll ich mitkommen?«

»Bloß nicht.«

»Gehst du zu jemandem?«

»Bist du eifersüchtig?« Sie lacht mich aus und wirft dabei die Hände nach vorne wie ein kleines Mädchen. »Ich muss weg. Ich brauche Leben.«

»Ich will wissen, wohin du gehst.«

»Nur raus. Ich bin wach und hab kein Lust mehr auf das hier. Ich brauche Sauerstoff.«

Dann geht sie. Einfach so. Sie ist verrückt, völlig verrückt, wie eine Katze, die ihren Weg geht, die sich nichts sagen lässt, und die nur dann bei dir bleibt, wenn sie bei dir bleiben will. Ich mag Katzen. Wenn du auf sie zugehst, laufen sie fort, aber wenn du einfach wartest, kehren sie zurück.

Das Blöde ist nur, dass ich jetzt erregt und hellwach bin. Ihre Zigarette glimmt noch im Aschenbecher. Ich wedele mir den Rauch zu. Ich rauche selbst nur selten, aber ich mag den Rauch. Dann drücke ich die Kippe aus, ziehe mich an und gehe nach Hause. So ist es ohnehin besser, so wird Anna mir nachlaufen müssen, falls sie noch was von mir will. Sie ist eine Katze.

4. MARSCHMUSIK ALS KLINGELTON

»Hey, wach auf!« Es ist die Stimme meiner Mutter: klar, kalt und ein wenig zittrig. »Hörst du mich?«

»Ja«, sage ich mit geschlossenen Augen. »Bitte sei still.«

Mir ist übel und im Hintergrund höre ich Adolf Hitlers *Mein Kampf.* Er redet gerade darüber, dass die Arten sich nicht vermischen sollten. Also kein Neger mit einer Deutschen und so, *Jedes Tier paart sich nur mit einem Genossen der gleichen Art. Meise geht zu Meise, Fink zu Fink, der Storch zur Störchin, Feldmaus zu Feldmaus,* und meine Mutter will, dass ich »endlich aufstehe!« Oh Mann! Sie ist auch eine von denen, die sagen, dass es bei Menschen gar keine Rassen gibt. Wir wären uns genetisch zu ähnlich, selbst die Neger und wir. Manchmal glaube ich, sie ist farbenblind.

»Steh auf!«, drängt sie wieder.

In meinem Kopf läuft alles durcheinander. Genau wie in meinem Magen. Vermischung ist nie gut. Du sollst ja auch nicht Bier und Wein und Wodka zusammen saufen. Was ist heute Nacht passiert? Ich kann mich an kaum etwas erinnern. Ich war schon vor Annas Wohnungstür, als mir auffiel, dass ich den Schlagring bei ihr vergessen hatte. Und dann ... bin ich die Treppen runter gestiegen ... habe mich auf den Stufen übergeben ... eine Bahn fuhr noch nicht ... boah, was war mir schlecht ... also hab ich ein Taxi gerufen ... hab mit dem restlichen Geld vom Kaffer bezahlt ... bin ausgestiegen ... schlich mich in die Wohnung ... und dann ... dann ...

»Hast du heute Nacht etwa die Flasche Wodka ausgetrunken?«

Warum kann meine Mutter nicht die Klappe halten? »Ist die Flasche leer?«

»Ja.«

Ich sage: »Dann kannst du dir die Frage selbst beantworten.« Und öffne die Augen. Meine Mutter steht über mir und dreht die Flasche auf den Kopf. Ein letzter Tropfen platscht mir auf die Stirn.

»Was soll der Scheiß?«, blaffe ich los.

»Mach endlich den Mist leiser!«, fordert sie. »Wie soll ich mich bei dem Lärm konzentrieren?!«

Hä? Warum will sie sich konzentrieren? Und auf was will sie sich konzentrieren? Aufs Haareföhnen oder Treppe putzen? Ich kapiere nichts.

»Du bist jetzt achtzehn Jahre alt und ...« Sie stockt und legt sich ihr rotes Haar hinters Ohr.

Meine Mutter ist eine hübsche Frau, aber sie ist meine Mutter und schwach. Sie kann nicht gut alleine sein, sonst hätte sie mich längst rausgeworfen. Das ist ihr Problem. Ich bin ihr Problem. Eine Sache haben Frauen den Männern eindeutig voraus: Sie können ihre Einsamkeit noch durch ein undankbares Kind vermehren. Selbst wenn sie Hartz 4 haben, bleibt ihnen ihr Kind.

»Hör mal zu, was der vorliest.«

»Felix, ich habe diesen Mist schon tausendmal gehört. Ich finde dieses Nazizeug einfach nur abscheulich. Und das weißt du.«

»Dann hör doch bitte nur ein einziges Mal wirklich zu!«

Sie ist still und wir lauschen den Worten des Führers: *Dem steht gegenüber die wahrhaftige germanische Demokratie der freien Wahl des Führers, mit dessen Verpflichtung zur vollen Übernahme aller Verantwortung für sein Tun und Lassen. In ihr gibt es keine Abstimmung einer Majorität zu einzelnen Fragen, sondern nur die Bestimmung eines Einzigen, der dann mit Vermögen und Leben für seine Entscheidung einzutreten hat.*

Ich sage: »Siehst du, deshalb liebe ich die Türken. Die machen es genauso.«

Meine Mutter fragt mich, ob ich jetzt total spinne. »Nazis mögen keine Türken«, sagt sie.

»Doch. Weil diese Kaffer jetzt auch Nazis sind. Die haben genau das gemacht, was der Führer verlangt hat. Sie haben sich einen Präsidenten gewählt und der führt jetzt den Staat. Egal, ob sie mit hundert Prozent für ihn oder gegen ihn gestimmt haben, Hauptsache er ist an der Macht. Er übernimmt Verantwortung für sein Tun. Oder was meinst du, was Erdogan macht? Diese ganze Quasselbude von Parlament dient doch nur der Verschleierung. Genau wie Hitler nennt Erdogan die Sache beim Namen und die Presse Lügenpresse – und jeder, der sich ihm in den Weg stellt, wird weggeräumt. Trump macht das auch so. Das ist es, was ein Volk braucht. Einen Führer mit zwei Eiern.«

»Das findest du jetzt gut oder wie?«

»Kann es schlecht sein, wenn ein kluger Kopf für alles, was er tut, verantwortlich ist? Du hast ja auch im Auto keine zwei Lenkräder, sondern nur eines. In einer Demokratie, wie wir sie haben, kann man die schuld immer auf den anderen schieben. Wenn aber Erdogan alle Macht hat und dann Mist baut, ist er selbst Schuld – und er muss zugeben, dass er Mist gebaut hat. Er hat dann die volle Verantwortung. Wir dagegen haben einen Rock, der regiert. Guck dir die Weicheier doch an, die im Bundestag sitzen. Zu nichts ...«

»Du sollst aufstehen«, wiederholt sie stumpf, mir ins Wort fallend. Es ist, als würde sie meine Argumente überhaupt nicht hören wollen. All mein Reden hat keinen Sinn.

»Mir ist echt schlecht«, sage ich.

»Wie kommst du denn an das Buch?«, will sie wissen. Ich merke erst jetzt, dass ein kleines blaues Büchlein mit dem Titel *Finis Germania* neben mir liegt. Jetzt erinnere ich mich, dass ich es im Wohnzimmer gefunden und heute Nacht im Suff darin herumgeblättert hab. *»Finis Germania«,* sage ich. »Weißt du überhaupt, was das bedeutet?«

Das weiß Mama nicht. Sie weiß nur wenig und hatte kein Latein in der Schule. »Das Ende Deutschlands«, sage ich. »Und was der Typ schreibt, ist nicht schlecht. Leider hat er sich erhängt. Aber war vielleicht auch nur konsequent, sich einen Strick zu nehmen, wenn all diese Siris ins Land kommen.«

»Woher hast du das Buch?«

Sie nimmt es mir mit einer schnellen Bewegung weg. »Beweg deinen Hintern. Du bist so was von …!«

Gleich wird sie sagen, dass ich der Zweitbeste in meiner Klasse war. Wenn ich doch nur nicht so faul gewesen wäre. Sie hätte nie die Chance gehabt, ein Fach wie Latein zu lernen. Ihr Sohn, ein Lateiner. Und warum ich meinen Biologielehrer geschlagen hätte, könne sie bis heute nicht begreifen. Ich war gerade mal vierzehn Jahre alt.

»Niemand schlägt seinen Lehrer einfach so!«, sagt sie.

Das habe ich auch nicht nur *einfach so* getan! Der Lehrer war schließlich eine extreme Zecke. Erster Mai, immer dabei. Im KZ hätte er garantiert einen rosa Winkel wegen Schwuchtelei getragen.

Sie nennt mich gerne faul und unsozial. Sie reiht solche Beschimpfungen aneinander, wenn sie nicht mehr weiter weiß. Das hat sie mit Leuten wie Erdogan gemein.

Plötzlich muss ich mich übergeben.

»Du Schwein!«, schreit sie entsetzt.

Ich wische mir mit dem Laken den Mund sauber und schäle mich aus dem Bett.

»Die Kotze machst du sofort weg!«

Jetzt nicht. Ich steige in die Jeans. Mir ist so schlecht, ich könnte mich glatt noch einmal übergeben. Gleichzeitig habe ich Durst und will rauchen.

»Und zwar sofort. Ich brauche meine Ruhe«, sagt sie. »Ich sitze an der Arbeit.«

»Ist ja gut, sei nur still. Ich mach ja nichts mehr. Geh einfach, Mama.«

»Nein. Das würde dir jetzt so gefallen. Du machst erstmal die Kotze weg. Oder meinst du, ich kann im Wohnzimmer schreiben, wenn hier die Kotze liegt?«

Jetzt erinnere ich mich wieder, worauf sie sich konzentrieren muss: ihre Abschlussarbeit. Das hatte ich glattweg vergessen. Köln hat nicht genügend Krippenplätze, also braucht Köln mehr Tagesmütter. Und wer nichts wird, der wird halt Tagesmutter. So wie ich das verstanden habe, kriegt Mama 500 Euro pro Kind und sie darf bis zu fünf Kinder nehmen. Macht satte 2500 Euro. Das ist eine Menge Geld, um auf ein paar Kinder aufzupassen. Das haben deutsche Mütter früher umsonst getan. Jetzt geben Frauen ihre Kinder weg, weil sie lieber arbeiten gehen. Und die Tagesmütter machen es auch nur für Geld. Das ist pervers. Warum bleiben die Frauen nicht daheim und machen den Drecksjob selbst? Schließlich sollte eine Mutter nur dann ein Kind bekommen, wenn sie auch mit ihm zusammen sein will – und nicht, um es wegzuschieben. Das ist wider die Natur!

»Diese ganze Gesellschaft ist krank. Krank!«, schreie ich meine Mutter an und setze mich aufs Bettende. Puh, ich kann nicht mehr. Mein Kopf dröhnt. Ich schaue runter auf meine Socken. Ich habe keine Lust, frische anzuziehen. Sie sind dunkelrot.

Mein Handy klingelt. Marschmusik.

Kevin ist dran.

Kevin: »Was soll die Scheiße?«

Ich: »Was meinst du?«

Kevin: »Anna hat mir alles erzählt.«

Ich: »Ich hab sie geknallt, na und …?«

Kevin: »Du hast zwei Kanaken platt gemacht?«

Ich: »Falsch, es waren Araber. Der eine hat keinen Kehlkopf mehr. Er wird kein Wort mehr von seiner Drecksprache rausbringen. Das hätte dir gefallen.«

Kevin: »Ich hab dir doch gesagt: keine Alleingänge mehr.«

Ich: »Bist du jetzt der Chef?«

Kevin: »Wenn sie dich kriegen, dann ...«

Ich: »Wer soll mich kriegen? Die Bullen?«

Kevin: »Es ist jedenfalls zu riskant.«

Ich: »Die beiden Wichser haben mich angegriffen.«

Kevin: »Anna erzählt was anderes.«

Ich: »Was redet die?«

Er: »Soll ich sie dir geben? Sie liegt neben mir. Ich kann sie für dich wecken.«

Ich: »Die Schlampe. Ist von mir direkt zu dir?«

Kevin: »Ein gutes russisches Mädchen ist sie.«

Ich: »Gib sie mir.«

Kevin: »Ich stell das Handy auf laut ... Anna, wach auf!«

Anna: »Was ist? Ich schlafe!«

Ich: »Jetzt nicht mehr.«

Anna: »Was ist?«

Kevin: »Felix ist dran.«

Anna: »Felix? Wenn du was zum Trinken suchst, es ist in der Kammer im Flur.«

Ich: »Ich bin nicht mehr in deiner Wohnung, ich bin zuhause.«

Anna: »Gut. Ich hab sowieso nicht gern, wenn einer von euch bei mir rumlungert. Was gibt's?«

Ich: »Nichts. Kevin hat mich angerufen.«

Anna: »Ihr seid solche Honks! War's das jetzt? Lasst mich schlafen. Und stell das Handy wieder leise. Ich will … ach egal, ihr Idioten.«

Kevin: »Reg dich nicht auf, Anna.«

Ich: »Ich hab noch zu tun.«

Kevin: »Du bist heute Abend im Einsatz. Du übernimmst die Tür im *Nachthimmel*. Vorgestern müssen wohl ein paar Schnorrer versucht haben, in die Disco zu kommen. Fritz hat sich nicht direkt durchsetzen können.

Ich: »Echt?«

Kevin: »Ich sag's doch. Und ich weiß, dass sich das bei dir erst gar keiner traut.«

Ich: »Ja, ja. Okay.«

Kevin: »Gut. Du hast das also mit heute Abend auf dem Plan?«

Ich: »Okay. Nachthimmel?«

Kevin: »21.30 Uhr. Sei pünktlich. Wir brauchen dich!«

Kaum, dass ich das Handy ausgeknipst habe, fängt meine Mutter wieder an. Sie steht angelehnt im Türrahmen und redet. Ich sehe ihre Lippen, wie sich der Mund öffnet und schließt, aber ich höre ihr nicht zu. Ich will nur eins: raus hier. Einfach weg.

Doch ich bin zu schwach und sinke rücklings wieder aufs Bett. Dabei zieht es in meinem Magen. Ich wälze mich zur Seite. Das Gesicht des Syrers blitzt vor mir auf. Wie er sich gewunden hat. Wie ein Wurm. Und jetzt liege ich hier selbst wie ein Wurm und schließe die Augen. Dann stecke ich die Kopfhörer in mein Handy und höre wieder Hitler zu. Das beruhigt mich. Wenn ich die Worte des Führers laut höre, ist das wie Kino. Die Wahrheit kannst du gar nicht laut genug hören. Wo ist meine Mutter? Ich öffne die Augen. Sie ist fort und ich schließe die Augen und höre weiter zu …

5. ER NENNT SIE »SCHATZ«

Es ist schon fast fünf Uhr, als ich wieder aufwache. Das Erbrochene neben mir ist weg. Mama muss es aufgewischt haben. Nur ein dunkler Wasserfleck auf dem Teppich zeugt noch von der Übelkeit. Mir geht es jetzt gut, nicht mal mein Kopf schmerzt mehr. Ich gehe in den Flur und höre eine Männerstimme.

Ein schlanker Mann mit Hemd und Krawatte sitzt im Wohnzimmer auf der Couch und hat vor sich auf dem Glastisch einen Laptop aufgeklappt. Er guckt ganz wichtig und nippt am Kaffee. Ich will auch Kaffee.

»Hallo, Felix. Das ist Erik«, stellt meine Mutter uns freundlich vor. Sie scheint ein wenig verlegen, wie sie ihn jetzt von der Seite anschaut. Der Typ ist ganz sicher gut zehn Jahre älter als sie. Kein Fussel auf seiner schwarzen Hose, ganz schön schnieke.

»Erik. Das klingt verdammt arisch«, sage ich, »obwohl ...« Ich schaue diesem Erik ins Gesicht, denn er ist ein sehr dunkler Typ und hat schwarze Haare. Könnte also auch durchaus ein Türke sein.

»Keine Sorge, ich bin deutsch«, versichert er. Ob Erik ihr das Büchlein *Finis Germania* geschenkt hat?

»Das freut mich«, entgegne ich, nehme seine Tasse Kaffee und nippe daraus.

Erik bleibt cool und reicht mir die Hand. Sein Händedruck ist fest. Der Kerl scheint anders zu sein als die anderen Männer, die Mama sonst anschleppt.

»Kannst du das mit dem Deutschsein auch belegen?«, frage ich.

»Falls du willst«, meint er ruhig. »Meine Eltern sind aus Köln, meine Großeltern aus der Nähe von Trier. Der Rhein und die Mosel sind unsere Flüsse. Ich glaube, mein Opa hat noch einen Ariernachweis. So was sollte man nie wegwerfen. Ich habe gehört, dass du ein netter Kerl bist. Nur ein bisschen schläfrig.«

Will der mich provozieren?

»Er hat einen Job«, unterbricht uns meine Mutter. »Felix arbeitet beim Wachdienst und hat deshalb auch extra Boxen und so eine asiatische Kampfsportart gelernt.«

»Karate, Mama. Das kann doch nicht so schwer sein.«

»Ja, Karate, genau.«

»Hut ab«, sagt Erik. »Leute wie du stellen sich ganz in den Dienst der Sicherheit. Und Sicherheit ist für viele Menschen viel wert. Schließlich ist gestern Abend wieder so ein IS-Spinner mit der Machete auf Leute losgegangen.«

»Bei mir wäre er nicht weit gekommen.«

»Ich glaube auch nicht, dass er weit kommen wollte.«

»Wie meinst du das?«

»Es geht diesen Terroristen nur darum, uns zu verunsichern und unsere Gesellschaft auseinanderzubrechen. Wir sollen jederzeit und überall Angst haben. Das haben die von diesem Palästinenserführer Arafat gelernt. Und dieser Mörder hat damals sogar einen Friedensnobelpreis erhalten.«

Ich kenne keinen Arafat und er interessiert mich auch nicht. Aber ich weiß, was er meint: »Terror muss mit Terror bekämpft werden.«

Und er sagt: »Was man mit Gewalt gewinnt, kann man nur mit Gewalt behalten. Will heißen: Wir Europäer haben uns die Welt untertan gemacht und jetzt müssen wir die Werteordnung, wie wir sie haben möchten, verteidigen.«

»Ihr versteht euch ja gleich gut«, bemerkt Mama. Sie zieht sich ihren hellblauen Rock ein wenig weiter über die Knie. Das Gespräch macht sie nervös. Vermutlich ist es ihr wichtig, dass ich ihren Erik gut finde und ihr Erik mich gut findet – und ich nicht über Dinge wie Terror rede.

»Leute wie dich können wir gebrauchen: Gut ausgebildet und clever«, erklärt Erik, worauf meine Mutter meint: »Das mag sein. Aber erst einmal müssen wir meine Arbeit durchsehen ...«

Erik mustert mich und schlägt vor: »Lass uns doch einfach mal unsere Kontaktdaten austauschen. Meine Handynummer ist ...«

Ich rufe ihn an und wir tauschen Nummern aus. Dann schickt er mir eine WhatsApp. Darin steht: *Du solltest mal zu uns kommen.*

Wohin?, tippe ich.

Heute Abend. Treffen gegen 19 Uhr.

Meine Mutter sieht uns zu, wie wir auf unseren Handys schreiben.

»Ihr seid verrückt«, sagt sie amüsiert.

Es scheint ihr gut zu gehen mit Erik. Sie rückt ein Stück näher zu ihm und er drückt ihr einen Kuss auf die Lippen. Das mag ich nicht.

Dann fragt er mich: »Also, kommst du zu unserem Treffen?«

»Was machst du denn da?«, will ich wissen.

»Das wirst du schon sehen. Deine Mutter hat mir ein paar Sachen von dir erzählt, vermutlich gefällt dir, was wir tun.«

Ich schreibe ihm wieder auf WhatsApp: *Nein, habe keine Zeit heute Abend. Muss duschen.*

Erik ist ganz sicher überrascht von meiner Antwort, aber er verzieht keine Miene und verschwendet kein Wort. Stattdessen schickt er mir eine WhatsApp mit dem Ort der Veranstaltung.

An meine Mutter gewandt sagt er: »Okay Schatz, dann gucken wir jetzt erst einmal deine Arbeit durch.«

Er nennt sie *Schatz?* Wie lange kennt er Mama schon? Wochen? Monate? Ich muss eindeutig mehr Zeit zu Hause verbringen.

»Hängst du häufiger bei uns rum?«, frage ich ihn.

»Komm zu unserer Versammlung, da können wir reden.« Er schaut auf seinen Laptop. »Deine Mutter kann übrigens richtig gut schreiben.«

»Echt?«

»Ja, echt. Sie hat mir erzählt, dass sie manchmal auch Fanfiction schreibt.«

»Das ist doch kein richtiges Schreiben, Erik«, sagt sie halb entschuldigend.

Sie kommt mir vor wie ein glückliches kleines Mädchen – und er ist ihr Papa. Sie braucht keinen Sohn, sie braucht einen Vater. Sonst hätte sie nicht einen so viel älteren Mann genommen. Davon bin ich sowieso überzeugt. Meine Mutter ist alleine nicht lebensfähig. Papa hätte sich niemals von diesem scheiß Krebs besiegen lassen dürfen. Du kannst alles besiegen, wenn du nur einen Willen hast. Aber Papa hatte den Willen nicht. Er hat lieber die Möbel zertrümmert und Mama und mich verprügelt.

»Erik schreibt Reden für die Politiker seiner Partei und er ist selbst auch Politiker.«

Eine Partei? Ich schaue Erik vielsagend an. Er erwartet jetzt garantiert, dass ich ihn nach dem Namen seiner Partei frage. Aber ich frage nicht.

Erik sagt: »Das wirst du sehen, wenn du nachher kommst. Jetzt müssen wir hier wirklich weiter machen.« Zu Mama meint er: »Du schreibst an dieser Stelle, dass du als Tagesmutter Wert darauf legen wirst, dass die Kinder freie Menschen werden und sich nicht unsicher fühlen und …«

Mein Handy spielt wieder Blasmusik. Der Name *Kevin* erscheint auf dem Display.

Ich gehe ran. »Kann jetzt nicht. Rufe gleich zurück.«

»Aber …«

Ich klopfe auf den Tisch, als würde ich mich aus einer Versammlung verabschieden, dann deute ich auf mein Handy und sage zu Erik und Mama: »Muss weg. Die Pflicht ruft.«

Erik streckt mir die Hand entgegen. Er hat kleine schwarze Härchen auf den Fingern. Ich schlage ein.

Im Fortgehen rede ich mit Kevin: »Na, was gibt es Dringendes?«

Der stellt empört fest: »Ich telefoniere mit dir und höre noch, das du mit irgendeinem Typen redest. Wenn ich mit dir telefoniere, dann sag entweder, dass es gerade nicht passt oder rede mit mir. Dann telefonieren wir halt später. Oder rede direkt mit mir. Aber so einen Scheiß wie gerade kann ich nicht ab.«

Ich: »Eifersüchtig?«

Er: »Du Idiot. Sehen wir uns gleich?«

Ich ziehe die Tür zum Wohnzimmer hinter mir zu und stehe im Flur. Im Spiegel sehe ich mein Gesicht. Ich bin wirklich blass und sehe verdammt schlecht aus. Und habe immer noch diese nervende Stimme von Kevin im Ohr, die wieder fragt: »Was ist jetzt? Sehen wir uns heute Abend?«

Ich: »Klar, im *Nachthimmel.* Haben wir das nicht schon längst beredet.«

Er: »Wir sollten uns aber schon vorher treffen.«

Ich: »Wo?«

Er: »Ich komme dich abholen.«

Ich: »Geht nicht. Ich muss um sieben auf eine Versammlung in der Engelsburg. Meine Mutter ist mit einem Typen zusammen, der ganz interessant zu sein scheint. Irgendein Politiker.«

Er: »Der von eben am Telefon.«

Ich: »Exakt.«

Er: »Was ist das denn für ein Typ?«

Ich: »Von der AfD oder so. Weiß nicht. Er hat nichts Genaues gesagt. Nur so viel, dass sie sich heute Abend treffen.«

Er: »AfD? Willst du mich verarschen? Dieser Pappnasenverein?«

Ich: »Ich weiß nicht, was für eine Partei es ist. Ich glaube nicht, dass es die AfD ist. So scheiße sah er nicht aus.«

Er: »Ich komme mit.«

Ich: »Warum?«

Er: »Gibt es was zu trinken?«

Ich: »Weiß nicht.«

Er: »Dann frag ihn.«

Ich lüge: »Ich bin nicht mehr drinnen, sondern schon unterwegs.«

Er: »Wohin?«

Ich: »Na, zu dir, Mann.«

6. SEIN ZORN IST GRAUSAM

Sechs oder sieben Stationen mit der U-Bahn; es geht immer schön unter der Erde die Venloer Straße entlang. So haben die Autos über der Erde mehr Platz. Ich sage es mal so: Die Bürger ohne Autos rattern durchs Erdreich, damit die Bürger mit Autos die Sonne genießen können. Was für ein beschissenes System!

Kevin wartet auf mich am Friesenplatz. Noch ist es hell und die Kameras haben uns im Blick. Gut so. Ich nehme den falschen Ausgang und stehe direkt vor dem Eingang zur Commerzbank, statt am verabredeten Punkt. Früher haben nachts in der Commerzbankhalle mit den Geldautomaten ständig Penner herumgelegen, aber seit zwei Jahren gibt es einen Wachdienst und der schließt die Halle nachts ab. Am Friesenplatz kreuzen sich die Venloer Straße und der Kölner Ring.

Die Stadt Köln ist noch von den Römern erbaut worden. Im Zentrum steht das bedeutendste Denkmal: der Dom, Kirche, aber ohne Uhr. Die ganze Stadt ist darum ringförmig angelegt. Ich hasse den Ring zwischen Friesenplatz und Rudolfplatz, denn hier tummeln sich die Afrikaner und Araber. Schließlich ist Köln für sie die geilste Stadt Europas. Die Ausländer können hier tun und lassen, was sie wollen. Keiner wagt, auch nur ein Wort gegen Neger und Siris zu sagen, weil die Kölner schon selbst total vernegert sind. Die sind auch noch stolz darauf, dass das Bundeskriminalamt sagt: Köln ist ein Magnet für Nordafrikaner.

»Hey.« Es folgt ein Schlag auf meinen Rücken und eine Umarmung wie von einem Schraubstock. Kevin hat einen breiten Mund, der jetzt grinst. Ich habe ihn nicht kommen sehen. Seine Schneidezähne sind golden. Seine echten hat er bei einer Schlägerei verloren. Eine Zecke hatte ihm eine Eisenstange durchs Gesicht gezogen. Auch eine kleine Narbe an der Oberlippe zeugt noch von diesem Kampf. Die Zecke sitzt heute wohl im Rollstuhl.

»Hey Alter«, sagt er, schlägt mir in den Magen und findet es witzig. Solche kleinen Quälereien findet er immer witzig. Ständig muss er zeigen, wer der Chef im Ring ist. Und der Ring ist das Leben.

»Was machst du hier?«, frage ich. »Wo ist dein Wagen?«

Um sich ein Bild von Kevin zu machen, muss man sich nur einen Riesen vorstellen, der Anabolika zum Frühstück raucht und Tag und Nacht Eisen stemmt. Etwa so wie Bowser. Er hat kein Piercing, dafür aber eine Landkarte vom Deutschen Reich auf die Glatze tätowiert. Die sieht jedoch kaum einer, denn er trägt immer Käppi. Nun fasst er mich blitzschnell im Nacken und zieht mein Gesicht dicht an seines. Ich rieche seinen Atem. Ich hasse es, wenn Kevin mir so auf die Pelle rückt.

Das schüchtert mich ein, macht mich ganz klein. Ich könnte mir jetzt mit der Linken seine linke Hand greifen, sie vorziehen, meinen Ellbogen gegen Schulter und Hals stemmen und dann fest zudrücken, bis ihm das Schlüsselbein bricht. Aber ich tue es nicht. Denn sein Zorn ist grausam. Er kann genauso gut kämpfen wie ich.

»Du bist mein Held«, sagt er, umarmt mich erneut, dann drückt er mich von sich weg und meint: »Du hast ja gar nichts beim Fight gegen die Kaffer abgekriegt. Immer noch mein kleines Babyface Felix.«

»Muss ja nicht jeder 'ne krumme Nase haben.«

Er lacht und schlägt mir gegen die Schulter. »Aber du hast zugeschlagen. *Bam! Bam!* Der eine Kaffer ist schwer verletzt, der andere konnte wohl nicht viel darüber sagen, wer sie überfallen hat. Hast gute Arbeit geleistet. Die im Radio haben von einem fremdenfeindlichen Übergriff in Köln gelabert.«

»Ich weiß«, lüge ich.

Er sagt: »Beim nächsten Mal machst du das aber nicht mehr alleine. Kapiert? Sonst schlitzt dir irgendeiner mal ins Gesicht. Und dann ist es aus mit der Schönheit.«

»Ja, Vati.«

Er schlägt mir erneut in den Magen, diesmal mit solch einer Wucht, dass mir der Atem wegbleibt. Am liebsten würde ich zurückschlagen. Aber ich traue mich nicht, denn er kennt keine Gnade, wenn er sich im Recht fühlt.

Wir gehen über die Straße und rüber zum Taxistand.

»Mein Auto«, sagt er und zeigt auf ein Taxi.

»Wieso?«

»Mein Schwager ist auch in dieser Partei.«

»Was redest du da?«

»19 Uhr, Parteiversammlung, Engelsburg. Schon vergessen? Der Stecher von deiner Mutter geht doch auch dahin. Und mein Schwager ist in der gleichen Partei.«

Kevin klopft aufs Dach des Taxis. Sein Schwager Benni lässt die Scheibe runter und sieht mich an: »Du bist Felix, Kevins Kamerad.«

»Ja.« Ich schlage ein.

»Hock dich nach hinten«, befiehlt er.

Die Türen vom Daimler klappen zu und Benni setzt den Blinker.

Auf dem Schildchen am Armaturenbrett steht sein ganzer Name: Benjamin Sanders. Klingt jüdisch, extrem jüdisch!

Ich schätze ihn auf vierzig bis fünfundvierzig, schlanker Typ, mit ziemlich dicken Lippen. Könnte ein steinalter Bruder von Anna sein. Das Taxi ist nagelneu. Taxifahrer sein ist irgendwie cool. Du bist immer unterwegs, lernst Leute kennen und kannst sie nach kurzer Zeit wieder raussetzen. Das sollte unsere Regierung auch lieber mal so machen. Ich mag Donald Trump. Der sieht zwar scheiße aus, aber die Siris lässt er erst gar nicht mehr rein. Dieser Negerpräsident vor ihm war einfach nur ein Arschloch. Trump sagt endlich mal die Wahrheit. Egal, ob es unserer Regierung passt oder nicht. Es gibt so viele Arier in Nordamerika. Da dürfte es doch kein Problem sein, mit Trump gemeinsam gegen die Moslems zu kämpfen. Aber nein, unsere Regierung schützt diese Kaffer auch noch.

Die Merkel hat unser Land total zerstört. Überall Schwarzköpfe. Dabei hat die Merkel das selbst gar nicht gewollt. Die hatte nur keine Eier unterm Rock, um die Grenze dicht zu machen. Die hatten doch schon die Polizei an den Grenzen zusammengezogen und dann sind diese Gutmenschen mit Blümchen den Kaffern entgegengezogen und dann hat sich die Merkel nicht mehr getraut. Es ist ein Trauerspiel, was hier abgeht.

Benni redet lauter: »Alles ein Pack, diese ganzen Iraner und Pakistaner, das sage ich euch.« Warum regt der sich plötzlich so über Iraner und Pakistaner auf? Ich habe die letzten paar Sätze von Kevin und seinem Schwager nicht mitgekriegt. Manchmal denke ich so laut, dass ich nicht mitbekomme, was außerhalb von meinem Schädel passiert.

»Wie siehst du das?«, fragt mich Benni und sieht mich dabei über den Rückspiegel an.

»Klar, genauso«, sage ich. »Iraner sind Scheiße.«

»Obwohl Arier«, erklärt Benni.

Ich nicke und er meint: »Eigentlich sollten wir ja zu ihnen halten, aber die Iraner im Taxigewerbe bescheißen bei der Zulassung. Die setzen einfach einen von ihren in den Test, der schon längst Fahrer ist und der macht den Test dann für einen, der gar nichts kann. So simpel ist das! Und am Ende sind alle Fahrer nur noch Iraner.«

»Warum tut keiner was dagegen?«, frage ich.

»Weil wir in Köln sind. Das ist hier das Kalkutta am Rhein. Irgendwann ruft hier aus jedem Kanaldeckel ein Muezzin zum Gebet. Wir haben doch schon die fetteste Moschee in ganz Deutschland.«

Kevin meint: »Sag nix gegen die Türken. Die mag unser Felix.« Dabei dreht sich Kevin zu mir nach hinten und schlägt mir auf den Oberschenkel. Das tut weh. Er weiß es und grinst breit in meinen Schmerz hinein. Ich lasse mir nichts anmerken. Kevin ist zufrieden mit meiner Reaktion und legt die Hand auf die Schulter seines Schwagers: »Gibt's auf dieser Parteiversammlung was zu trinken?«

»Wirst du gleich sehen.«

Ich lehne mich zurück.

Mein Schädel ist immer noch nicht in Ordnung. Gestern Nacht habe ich einfach viel zu viel gesoffen. Ich mach die Augen zu, während der Schwager von Kevin auf mich einredet: »Wie kannst du die Türken eigentlich gut finden? Dieser Erdogan ist doch ein totaler Hetzer. Überleg mal, warum der im Knast war.«

»Erdogan war im Knast?«, frage ich und lasse die Augen zu. Ich muss an meine Mutter denken, die schon lange keinen vernünftigen Kerl mehr gehabt hat. Die meisten sahen wie ausgekotzt aus. Aber der Typ heute hatte Klasse.

»Ich sag dir, was der Erdogan getan hat.«

»Dann sag es endlich«, sage ich.

»Mach die Augen auf, wenn ich mit dir rede.«

Das tue ich und er reicht mir sein Handy nach hinten. Darauf lese ich laut vor:

»Die Demokratie ist nur der Zug, auf den wir aufsteigen, bis wir am Ziel sind. Die Moscheen sind unsere Kasernen, die Minarette unsere Bajonette, die Kuppeln unsere Helme und die Gläubigen unsere Soldaten.«

»Und warum zeigst du mir das?«

»Mensch, frag nicht, lies weiter!«

Ich lese: *»6. Dezember 1997, auf einer Wahlveranstaltung, zitiert nach einem alten religiösen Gedicht von Ziya Gökalp. Im Jahr 1998 wurde Erdogan aufgrund dieser Aussage zu einem Jahr Haft verurteilt.«*

Ich stocke.

»Das ist es, was der Typ will. Der will uns fertig machen. Der will einen Religionskrieg. Aber nicht mit uns. Denen sprengen wir die Kölner Betonmoschee unterm Arsch weg.«

»Okay, okay«, sage ich. »Reg dich nicht so auf. Erdogan wurde schließlich die ganze Zeit als Faschist bezeichnet, deshalb nennt er uns Nazis.«

»Genau«, sagt Kevin. »Und das ist gut so. Denn das sind wir ja auch.« Er hält mir die Hand hin und ich schlage ein.

Schwager Benni bremst. »Wir sind da! Aussteigen.«

7. EIN FREUND AUS WIEN

Die beiden gehen vor mir. Der Schwager ist gut einen Kopf kleiner als Kevin. Seine Beine sind dürr, noch dünner als die von den Kaffern gestern. Ich muss an die beiden und an die Sturmhaube denken. Wo ist die eigentlich? Kevin hat hinten auf seiner schwarzen Lederjacke einen springenden Tiger in roter Farbe. Wir latschen auf eine Halle zu. Sie liegt im Industriegebiet. Nichts ist hier nett oder irgendwie lebenswert. Alles nur hässliche Kisten mit großen Aufschriften drauf. Das Schönste hier ist die Shell-Tankstelle. Von Jahr zu Jahr wird es schlimmer. Der Ruhrpott zieht uns nach unten. Eine Coca Cola-Vertretung gibt es, eine Kofferfirma und ein Jumpcenter für die ganz Hobbylosen. Workout. Die Leute gehen zehn Stunden am Tag in eine dieser Kisten, machen ihre sinnlosen Jobs, fahren in ihre kleinen Urlaube und abends pumpen sie sich auch noch die Seele aus dem Leib. Was für ein beschissenes Dasein.

Im Foyer der Halle stehen viel mehr Leute herum, als ich gedacht hätte. Sofort entdecke ich Erik, er steht zusammen mit ein paar Männern und Frauen in dunklen Anzügen und schlichten Kleidern in der Nähe des Eingangs – und winkt mich zu sich.

»Kennst du etwa Erik Meuser?«, will Benni von mir wissen.

Ich sage: »Er ist der ...«

» ... Stecher von seiner Mutter«, unterbricht mich Kevin.

Was bildete sich dieser Idiot eigentlich ein? Sowas sagt kein Kamerad über die Mutter eines Kameraden. Meine Mutter ist meine Mutter und nicht irgendein Flittchen. Ich boxe Kevin auf die Schulter, woraufhin der seine Faust hebt. Will er mich etwa schlagen? Doch er gibt mir nur einen Klaps auf die Wange und ärgert mich: »Mutti ist die Beste. Ist klar.«

»Ich glaube, du sollst zu ihm kommen.« Dieser Schwager ist ein Blitzmerker. Er scheint ganz aufgeregt, weil ich Erik kenne. Obwohl Benni schlank ist, hat er ein kleines Bäuchlein unterm karierten Hemd, das jetzt vor Erregung wackelt. Der Typ hat vermutlich noch nie in seinem Leben Sport getrieben.

»Kommt doch mit«, biete ich Kevin und Benni an.

Doch sie winken ab.

Wie zum Abschied nimmt Kevin mich noch einmal in den Arm und ist wieder so nah an mir dran, dass ich es kaum ertrage. Endlich lässt er mich gehen. Am liebsten würde ich nicht mehr zu ihm zurückkehren. Wir kennen uns jetzt schon das halbe Leben. Aber seit er der Chef in unserer Rotte geworden ist, ist er unerträglich.

Erik trägt einen schwarzen Anzug und die gleiche dunkelbraune Krawatte wie heute bei meiner Mutter. Auch das Hemd ist noch dasselbe. Er trägt den Anzug nicht wie einer dieser Typen, die irgendwann mal Anzug tragen, sondern eher wie ein Banker, der schon in seinen Anzug hineingeboren wurde. Wenn er mir eben nicht zugewunken hätte, hätte ich ihn nicht erkannt. Ich komme mir fehl am Platz vor in dieser verwaschenen Jeans und den abgeschabten Schuhen. Ich gehöre nicht hierher, bin wie ein Fisch an Land.

Erik begrüßt mich mit den Worten: »Gerade heute durfte ich diesen jungen Mann – er heißt Felix Meuser -kennen lernen.« Er schaut mich freundlich an und stellt mich den Leuten vor. Einer heißt Dr. Merx, die Frau daneben Dr. Ehrlicher und die beiden übrigen Männer sind keine Doktoren, haben aber trotzdem Namen, die ich sofort wieder vergesse. Sie mustern mich. So wie Landbewohner halt einem Fisch ins Maul schauen.

»Du hast immer schon einen guten Blick für neue Leute gehabt«, sagt Dr. Merx, der sein Haar streng zurückgekämmt hat und ein kariertes Jackett trägt. »Hast du ihn schon eingeweiht?« Obwohl dieser Dr. Merx mit Erik spricht, schaut er mich an.

»Felix soll sich selbst ein Bild machen«, entgegnet ihm Erik, der auf seine Uhr schaut. Er trägt eine Apple-Watch. Hat er die heute schon bei meiner Mutter getragen? Er liest mit einem Auge darauf eine Nachricht, während er mich fragt, ob ich auch einen Wein möchte. Sofort hat Dr. Merx eine der Hostessen angepeilt, die mir nun auf schwarzem Tablett Wein oder Wasser oder Sekt oder O-Saft anbietet. »Oder haben Sie sonst einen Wunsch?«

Sie sieht geil aus in ihrem knallroten Zweiteiler und lächelt noch geiler. Vielleicht ist sie Russin oder Ukrainerin. Jedenfalls hat sie über dem Mundwinkel einen von diesen osteuropäischen Schönheitsflecken. Darauf stehe ich.

»Schon in Ordnung«, sage ich und greife nach dem Sekt. Habe ich schon lange nicht mehr getrunken.

»Perlt«, sagt die einzige Frau in der Runde. Ihren Namen habe ich vergessen. Die Frau lächelt auffordernd. Was soll ich ihr jetzt auf dieses Wort *perlt* entgegnen? Sie ist ältlich, ihre Schminke wie eine Maske und ihre Freundlichkeit macht sie auch nicht mehr hübsch. Das ist traurig und nervig zugleich.

»Wissen Sie, was *perlt* bedeutet?«, fragt sie mich jetzt mit gleichbleibender Höflichkeit. Hält die mich für einen totalen Idioten? Was soll das? Alle schauen mich an und ich kippe den Sekt runter wie Bier. Dann nehme ich noch das Glas Rotwein, das sie gerade vor sich abgestellt hat und trinke es ebenfalls in einem Zug und sage: »Jetzt perlt es richtig.«

Erik lacht, nimmt mich väterlich in den Arm und alle lachen mit ihm. Nur Frau Doktor ist baff, dass ich ihr den Alk weggesoffen habe.

»Meinen Kaffee hat er mir heute Mittag auch schon weggetrunken«, bemerkt Erik. »Wir müssen aufpassen. Am Ende stiehlt uns der freche Kerl auch noch sämtliche Wählerstimmen.«

»Was wird denn diesmal im Zentrum Ihrer Rede stehen?«, hakt der Doktor ein, der eben auch schon geredet hat und zu dem Zeitpunkt für mich auch noch einen Namen gehabt hatte.

»Das werden Sie gleich hören. Auf alle Fälle werden wir uns hier in Köln nichts mehr von diesen Pappnasen bieten lassen. Die tun ja geradezu so, als seien sie Widerstandskämpfer, weil sie unsere Versammlung verhindern möchten. Was für ein undemokratisches Pack hier in Köln regiert. Schließlich vertreten wir die schweigende Mehrheit und geben den Menschen, die sich sonst nicht dem Strom entgegenzustellen trauen, eine Stimme. Am Ende wird diese schweigende Mehrheit selbst nach uns rufen und laut werden.«

Sicher ist, dass er mit »Pappnasen« die Kölner Karnevalisten meint. Die haben sich über die rechten Parteien aufgeregt und liegen mit ihnen im Streit. Und die Kölner Karnevalisten sind nicht zu unterschätzen. Schließlich sind alle reichen Säcke der Stadt im Karnevalsverein, um sich gegenseitig die Aufträge zuzuschieben. Köln ist so korrupt wie sonst nur die Camorra in Neapel. Selbst die Zeitungen in Köln gehören alle einer Familie. Das ist Lügenpresse pur! Und der WDR wird durch die Politiker regiert und hält auch brav die Klappe.

Einer der Umstehenden meint, dass sie mehr Redner wie Erik in der Partei bräuchten. Er habe gerade eben wieder bewiesen, wie man in wenigen Sätzen ein ganzes Parteiprogramm erklärt. »Aus dir spricht jeder von uns.«

Warum kenne ich Erik und seine Vereinigung nicht? Sie scheinen keine Luschen wie die AfD-Typen mit Mutti Petri zu sein, die sofort heult, wenn was nicht so läuft wie sie will. Bei ihrem Bundesparteitag in Köln haben sie sich ohnehin höllisch blamiert. Die wollen doch alle nur in den Bundestag und abkassieren. Am schlimmsten ist dieser Gauland. Ich hasse solche halbtoten Rentner. Echte Selbstbediener sind das, kein bisschen besser als die von der CDU und SPD.

»Ich komme zwar nicht aus dem Osten der Republik«, meint Erik. »Aber ich habe viel im Osten der Republik gelernt. Ich verstehe beispielsweise bis heute nicht, warum mit Leuten wie Honecker und den Funktionsträgern in der DDR so umgegangen werden musste wie es getan wurde. Was hätte der Staatsratsvorsitzende Erich Honecker nach dem Zusammenbruch der DDR denn noch Böses tun können? Was der Stasioffizier? Was der Grenzer? Danach hätte er an keiner Grenze mehr jemanden erschießen können. Da stimme ich mit Rolf Peter Sieferle überein. Warum mussten Leute wie Kusche ins Gefängnis gesteckt werden? Sie haben nur gedient. Warum hat man sie bestraft? Was sollten diese Strafen bewirken? Stattdessen werden irgendwelche Typen, die Handtaschen klauen nach fünf Minuten wieder frei gelassen. Ja, sie werden selbst als Opfer des Systems hingestellt. Ihnen wird jede Verantwortung für ihr Handeln abgesprochen. Ich empfinde das als eine äußerst merkwürdige Rechtsprechung. Denn war Honecker nicht auch ein Opfer des Systems?«

Es klingt logisch, was er sagt. Ganz logisch und trotzdem habe ich diesen Gedanken noch nie gehört. Ich muss an das Büchlein *Finis Germania* denken. War der Autor nicht dieser Seiferle gewesen, von dem Erik gerade so begeistert redet? Überhaupt ist er anders, als die anderen Leute, die ich bisher kennengelernt habe. Er redet ganz klar und jedes Wort ist gesetzt, so als ob man einen Text in einem schlauen Buch liest. Vermutlich könnte er mir auch ein Pflegemittel für meinen nicht vorhandenen Bart verkaufen.

»Hey, wer kommt denn da?« Erik begrüßt direkt neben mir

einen Mann im T-Shirt, auf dem groß und fett steht: *So sehen Patrioten aus.* Er steht jetzt direkt zwischen mir und Erik und ist eine Handbreit kleiner als ich. Ebenfalls sehr gepflegt.

»Extra aus Wien ist er gekommen«, sagt Erik. Die anderen scheinen ihn zu kennen. Er ist vielleicht fünfundzwanzig. »Das ist Felix«, stellt mich Erik nun diesem Alexander Martin vor. Irgendwie kommt mir der Typ bekannt vor. Er drückt mir die Hand und meint aufgedreht: »Hey, kein Anzug. Da sind wir schon zu zweit.«

Ich weiß nicht, wie mir geschieht. Dieser Alexander Martin mit Nerdbrille und schwarzer Jeans kommt mir eher wie ein Hipster, als jemand mit patriotischer Gesinnung vor. Er meint, er sei von den Vereinigten Patrioten und er habe gerade eine App am Start. Damit könne sich jeder Patriot registrieren lassen. So würden bald alle Patrioten ihre Gesinnungsgenossen kennen und sich zusammenschließen können. Die App sei noch in Arbeit, aber schon in guten Händen.

»So wird die schweigende Mehrheit endlich sichtbar«, meint Erik, der die Idee von Alexander wohl schon kennt. Ohnehin scheinen er und Alexander trotz des Altersunterschieds Freunde zu sein. Jetzt erinnere ich mich: Ich habe diesen Alexander Martin schon mal auf einer Pegida-Demo gesehen. Er erklärt mir jetzt, dass wir wie diese blauen Männchen in dem Film *Avatar* wären, die letzten Ureinwohner Europas. Aber bald würden uns die Araber abschlachten, genauso, wie es die Engländer mit den Indianern getan hätten. Keiner am Tisch kommt mehr zu Wort, denn dieser Alexander Martin redet in seinem wienerischen Akzent mitreißend wie ein wilder Fluss.

»Kennst du Ghandi?«, fragt er mich.

Ich nicke. Was soll die Frage?

»Das sollten wir anstreben. Handeln wie Ghandi. Wenn es einen Streit gibt, schlagen wir uns nicht, wir setzen uns durch, weil wir auf der richtigen Seite stehen, auf der Seite der Menschen. Und die Araber und Türken schicken wir einfach zurück in ihre Länder, ohne großen Streit. Einfach zurück nach Hause.«

Ich weiß nicht, was ich sagen soll und sehe über die Schulter von diesem Alexander Martin hinweg auf der Suche nach Kevin und dessen Schwager. Aber ich finde sie nicht. Alexander plaudert weiter auf mich ein, Erik und die anderen reden jetzt alleine über den heutigen Parteitag.

Alexander: »Geh am besten mal auf meine Webseite und guck dir an, was wir Vereinigten Patrioten wollen. Vielleicht interessiert es dich ja.«

Ich: »Kann sein. Aber gibt es da auch Anleitungen zum Bombenbau?«

Alexander lacht: »Ne, nicht wirklich ... Hast du eine Seite im Netz?«

Ich: »Auf Facebook.«

Alexander: »Privat?«

Ich: »Was meinst du damit?«

Alexander: »Ob du sie politisch nutzt – oder für deine Zwecke?« Er drückt sich die Brille gegen das Nasenbein, was noch nerdiger wirkt. Dann zückt er sein Handy. »Wie heißt du denn?«

Ich nenne meinen Namen und wir kommen zu meiner Facebookseite.

»Freundschaftsanfrage?«, fragt er.

Ich habe mein Handy in der Hand und nehme ihn als Freund an.

»Jetzt müssen wir aber mal«, erklärt Erik. »Wir sollten langsam in den Saal gehen.«

Ich habe mein Handy noch an und schaue auf die Seite von Alexander und komme von dort auf die Seite der Vereinigten Patrioten. Dort steht: *Auch du kannst was tun.*

»Felix! Willst du da Wurzeln schlagen?« Erik ruft und ich folge ihm in den Saal.

8. »KÖLN DEN KÖLNERN!«

Dort warten schon mehr als fünfhundert Leute. Der weiß gestrichene Saal besitzt keine Fenster. Große rundliche Leuchter hängen von der Decke. Die Wartenden klatschen Erik zu. Es ist bewegend wie im Stadion. Ich komme mir seltsam beobachtet vor, wie ich so hinter ihm her trottend in die Halle einmarschiere. Tosender Applaus treibt uns voran.

Erik steigt hoch auf die Bühne. Dort ist ein Stehpult in der Mitte und unweit davon entfernt ein Stuhl. Eine riesige Kölner- und eine Deutschlandflagge rahmen den Spruch *Köln muss Köln bleiben! – Heute und immer!* ein. Erik stellt sich ans Rednerpult. Redenschreiber ist er, vermutlich kann er deshalb die Rede auch ohne Notizen halten. Die Leute klatschen jetzt rhythmisch. Ich schaue mich um, kann jedoch in der Menge weder Kevin noch dessen Schwager Benni erkennen.

Die Leuchter werden gedimmt. Der Saal liegt nun im Halbdunkel. Scheinwerfer weisen auf Erik, der sich das Jackett abstreift und die Ärmel seines Hemdes zwei Mal umschlägt, ganz ruhig macht er das. Wie ein asiatischer Kämpfer, der sich gelassen auf seinen Kampf vorbereitet, hängt er sein Jackett über den Stuhl. Es ist leise im Saal. Ein paar Männer grölen von hinten: »Köln den Kölnern! Deutschland den Deutschen!« Dann sind auch sie verstummt. Erik steht am Rednerpult, die Hände vor der Brust.

Er lässt den Blick über die Menge schweifen. Niemand stellt ihn vor, niemand verliert ein Wort mit Belanglosigkeiten, er beginnt einfach mit seiner Rede und begrüßt die Menge. Sofort kommt er auf die Flüchtlinge zu sprechen: »Die Afghanen, Iraker, Iraner, Syrer, Afrikaner. Sie sind Flüchtlinge, Elende, die nach Schutz suchen und nur ein Ziel vor Augen haben: Überleben! Besser leben! Unser Leben leben!«

Er macht eine kurze Pause – die Menge applaudiert.

»Ich hatte und ich habe Mitleid mit diesen Menschen. Das haben wir alle. Egal, ob sie aus dem Krieg fliehen oder nur ein vernünftiges Leben leben möchten. Und genau das ist unser Problem. Denn die Menschen, die zu uns kommen, haben selbst kein Mitleid mit uns. Sonst würden sie ja nicht kommen und uns überrollen, sondern in Rumänien, Bulgarien oder Italien bleiben. Nein sie wollen nicht nur nach Europa, sie wollen zu uns. Und warum? Weil es ihnen hier am besten geht! Weil wir alles für sie aufgebaut haben. Sie wollen in unseren Häusern leben und auf unseren Straßen fahren. Sie besetzen unser Land und unsere Stadt. Sie haben selbst nichts, aber sie möchten unsere Strukturen nutzen, unsere Gutmütigkeit ausnutzen. Sie sind zu nichts fähig. Nicht einmal dazu, ihre eigenen Waffen für ihre eigenen Konflikte zu produzieren, geschweige denn, Autos zu bauen oder Computer. Sie kommen aus einer Kultur der Verlierer. Sie kommen nicht, um unsere Kultur zu verbessern, um neue Maschinen herzustellen. Sie kommen, um uns mit ihrem uralten Koran zu traktieren und uns ihre Sitten aufzuzwingen. Es ist nicht der Fortschritt, der aus Arabien, der Türkei und Afrika kommt, es ist der Untergang unserer hochentwickelten Kultur.« Mit diesen Worten stützt sich Erik auf das Rednerpult und schweigt.

Für einen Moment ist es still im Saal, dann dröhnt der Applaus los, denn er sagt, was wir denken, er formuliert, was wir nicht formulieren können. Er ist unser Mund und unser Wort. Ich muss daran denken, was der Führer gesagt hat: *An wen hat sich die Propaganda zu wenden? An die wissenschaftliche Intelligenz oder an die weniger gebildete Masse? Sie hat sich ewig nur an die Masse zu richten! Für die Intelligenz, oder was sich heute leider häufig so nennt, ist nicht Propaganda da, sondern wissenschaftliche Belehrung.* Und genau so ist es und Erik weiß es. Garantiert hat er *Mein Kampf* gelesen. Jetzt fährt er ernst fort: »Die Entwurzelten, die jetzt kommen, tragen ihre Wurzeln mit zu uns. Bis ins Innere unserer Gesellschaft greifen ihre Wurzeln, umschlingen unsere Kultur und nehmen uns die Luft zum Atmen. Sie sind wie jene Schlingpflanzen an den Bäumen, die den Baum langsam erdrücken. Erst haben uns die Amerikaner und die Engländer ihren Lebensstil aufgezwungen und jetzt …?« Er schweigt, nimmt beide Hände vom Pult und fragt noch einmal: »Und jetzt …?« Dann sagt er ruhig: »Köln den Kölnern! Die Türkei den Türken und Syrien den Syrern!« Wieder applaudiert die Menge und er wiederholt laut: »Köln den Kölnern! Die Türkei den Türken und Syrien den Syrern!«

Mir läuft ein Schauer über den Rücken und wir alle wiederholen sein Worte und klatschen. Alexander spricht mir ins Ohr: »Hör ihn dir an. Erik redet nicht laut, er ist kein Marktschreier. Er ist einer, der die Wahrheit sagt. Ich liebe ihn!«

Erik hebt und senkt die Hände zur Beruhigung der Menge. Der Saal steht und der Applaus will gar nicht enden.

Erik spricht von der Aushöhlung unserer Zivilisation, davon, dass früher auch die Muslime Wein getrunken haben und sich amüsieren durften. Er selbst sei im Libanon, in Syrien und dem Irak gewesen und habe mit Palästinensern gegessen und Wein getrunken. Es seien freie Menschen, freie Muslime gewesen. »Wir hatten noch nie etwas gegen die arabischen Völker, aber was jetzt ...?« Wieder Applaus und die Menge ruft von alleine: »Köln den Kölnern! Die Türkei den Türken und Syrien den Syrern!«

Erik wischt sich mit einem Tuch den Schweiß vom Gesicht. »Was war die muslimische Welt früher doch für eine freie Welt. Und warum weht heute der Geist der Bestrafung durch den Islam? Das ist umso trauriger, weil wir früher einmal von der arabischen Zivilisation haben profitieren können. Sie gaben uns die Zahlen, mit denen wir heute noch rechnen, sie schufen die Pyramiden und Jesus selbst war ein Palästinenser. Aber heute ...?« Als er dies nun sagt, fügt er leise hinzu: »Köln den ...« Und die Menge skandiert: »Köln den Kölnern! Die Türkei den Türken und Syrien den Syrern!« Keinen hält es mehr auf seinem Sitz: »Köln den Kölnern! Die Türkei den Türken und Syrien den Syrern!« Meine Hände sind heiß geklatscht. Es ist ein berauschendes Gefühl, hier zu stehen und zu hören, was ich selbst denke.

»Brillant, einfach brillant«, ruft Alexander mir zu. Und noch einmal, dass er ihn liebt.

Erik schaut zu uns herunter: »Wenn ich nun noch einen weiteren Redner auf die Bühne bitten darf? Unseren geschätzten Mitstreiter Alexander Martin, der extra aus Wien, der Hauptstadt der Patrioten, zu uns gekommen ist. Er steckt gerade mitten im Juraexamen.«

Leichtfüßig steigt Alexander die vier Stufen hinauf auf die Bühne, löst Erik mit Handschlag ab, nimmt ihn noch einmal kurz in den Arm und ergreift dann selbst das Wort, indem er laut sagt: »Gastfreundschaft!« Kurze Pause, in der sich Erik auf den Stuhl setzt, auf dem schon sein Jackett hängt. Dann fährt Alexander fort. »Gastfreundschaft. Das ist ein wichtiges Wort in jeder Kultur. Köln hat mich heute als einen Gast empfangen. Dafür bin ich dankbar.« Alexander hält wieder eine Sekunde inne, sodass die Leute im Saal applaudieren können. »Die Kölner, die Wiener, die Römer und auch die Menschen in Brüssel und Paris, sie alle sind gastfreundlich. Und wir alle stehen dazu, dass uns jeder jederzeit besuchen darf – aber als Gast! Die Türken sind als Gastarbeiter nach Köln gekommen, aber sie blieben! Und was ist heute? Sie breiten sich aus! Verlangen ihre Rechte! Und das sind nicht die Gastrechte! Es sind Sonderrechte. Zwei Pässe wollen sie! Sich nur das Beste herauspicken! Die Deutschen sollen für die jungen Türken sogar noch das Geld zahlen, damit sie nicht in der Türkei zum Wehrdienst müssen. Denn das wollen die jungen türkischen

Männer nicht, obwohl sie doch so stolz auf ihre Türkei sind! Seit Jahren verdönern die Türken unser Leben und nun kommen auch noch muslimische Flüchtlinge und fordern unser Gastrecht. Dabei wollen auch sie nicht wieder gehen, sondern sie hoffen darauf, dass unsere Gutmenschengesellschaft sie integriert. Am Ende werden sie bleiben, genau wie die Türken und sie werden die Oberhand gewinnen. Und Obertürke Cem Özdemir wird unser Kanzler sein. Wollt ihr das in Köln?«

»Niemaaaals!«, brüllt einer, und jetzt rufen es alle, und wieder skandieren sie: »Köln den Kölnern. Die Türkei den Türken.« Und ich springe auf und schreie: »Deutschland den Deutschen! Ausländer raus! Deutschland den Deutschen! Ausländer raus!« Plötzlich ruft mein Nebenmann das Gleiche und ich schreie, so laut ich kann, und wir werden lauter und lauter: »Deutschland den Deutschen. Ausländer raus!« Der Saal tobt und Alexander beschließt seine Rede mit den Worten: »Zuerst ignorieren sie uns, dann lachen sie uns aus, dann bekämpfen sie uns und dann gewinnen wir. Wir sind also kurz davor, denn im Moment bekämpfen sie uns. Aber siegen werden wir, denn die Wahrheit siegt immer! Köln den Kölnern! Wien den Wienern!«

9. ZU WEIT WEG VON JEDEM VERSTAND

Das Taxi von Kevins Schwager steht vor der Halle. Die beiden sind vermutlich noch im Saal. Aber ich brauche jetzt frische Luft und meine Gedanken für mich selbst.

»Rauchst du?«, frage ich einen jungen Mann, der ebenfalls schon früher aus der Halle gekommen ist. Er gibt mir eine No Name und zündet sie an.

Das tut gut. Ich habe schon seit Wochen nicht mehr geraucht.

»Zu stickig da drin«, sagt der junge Mann, der sich als Marco vorstellt.

»Italienisch?«

»Auch«, sagt er. »Aber hauptsächlich deutsch. Meine Urgroßeltern sind aus Italien gekommen.«

»Und warum Marco?«

»Meine Mutter wollte es so und weil wir immer noch zu meinen Verwandten nach Sizilien fahren und ...«

» ... ihr eine Eisdiele habt?«

»Witzig«, sagt er. »Aber es stimmt.«

»Name?«

»Venezia.«

»Echt?«

»Quatsch. Mein Vater arbeitet bei MAN und ich bin laktoseintolerant und kann kein italienisches Eis essen.« Der Typ sieht auch aus wie ein echter Italiener: Goldkette, Hemd, Jeans und leichte Lederschuhe. Wir rauchen, lehnen uns ans Taxi und reden über Eriks Rede. Marco bewundert Erik. Er ist vor zwei Wochen den Vereinigten Patrioten beigetreten. Köln Pro sei nicht sein Ding, zu weit weg von jedem Verstand. Er selbst ist auch Student an der Jurafakultät, obwohl er nicht so aussieht.

»Studierst du auch?«, will er wissen.

»Nein«, sage ich. »Ich ...«

Und unterbreche mich, denn jetzt strömen die Saalbesucher ins Foyer. »Scheint vorbei zu sein«, sage ich und schnippe die Zigarette weg, obwohl sie gerade erst angeraucht ist. Das Rauchen schmeckt mir doch nicht mehr so richtig.

»Du kennst Erik?«, fragt er.

»Woher weißt du das?«

»Weil du eben neben ihm gestanden hast.«

»Habe ihn heute erst kennengelernt.«

Kevin und sein Schwager kommen auf uns zu.

»Ich muss jetzt«, sage ich zu Marco, der mir noch die Hand gibt und weggeht.

Mein Handy vibriert. Eine WhatsApp von Erik: *Wo bist du?*

Ich gebe keine Antwort. Er soll sehen, dass ich seine Nachricht angeschaut habe, und er soll sich wundern, dass ich ihm nicht antworte. Denn ich antworte nur, wenn ich es will. Niemals, wenn ein anderer es möchte. Das soll er wissen.

»Mein Schwager fährt uns noch zum Nachthimmel«, erklärt Kevin. Dabei klopft er mir auf die Schulter, schlägt mir aber nicht in den Magen oder macht sonst irgendwelche Witzchen. Fast scheint es, als habe ihm mein Kontakt zu Erik Respekt eingeflößt.

Schwager Benni betont, wie gut ihm die Reden gefallen hätten. Aber es sei auch gut gewesen, dass jetzt Pause ist, sonst hätte er den Saal verlassen müssen. »Schließlich muss ein Taxi fahren, ein stehendes Taxi bringt nichts ein.«

Das ist Taxifahrerlogik.

Noch einmal sagt er: »Der Lover von deiner Mutter ist klasse. Er hat es drauf. Bete, dass die zwei zusammen bleiben.«

Wir kommen zu früh beim *Nachthimmel* an. Kevin und ich bleiben noch bei seinem Schwager am Taxistand stehen. Die beiden wollen wissen, wie meine Mutter Erik kennengelernt hat.

»Weiß nicht, vermutlich übers Netz. Darüber lernt sie immer ihre Männer kennen.«

»Etwa über Elitepartner?«, fragt Kevin und lacht mich aus. Ich weiß, dass meine Mutter kein Fall für Elitepartner ist, trotzdem boxe ich Kevin jetzt gegen die Schulter. Es ist mir egal, ob er zurückschlägt. Er soll meine Mutter nicht ständig beleidigen. Überraschenderweise fragt er nur: »Was wollte Erik eigentlich von dir?« Jetzt verpasst er mir doch kurz eine Kopfnuss. Der Respekt vor mir scheint verflogen.

»Weiß nicht. Er hat mir eben eine WhatsApp geschickt.«

»Und?«

»Bin ich irgendein Kaffer, der sofort reagieren muss?«

Kevin befiehlt: »Gib mir mal dein Handy.«

»Kannst du vergessen.«

»Was schreibt er denn?«

»Wo ich bin, will er wissen.«

Jetzt sind Kevin und sein Schwager vollends perplex.

»Ich kapiere das nicht. Wie konntest du nur früher rausgehen? Du bist echt bescheuert«, meint Kevin.

»Geht dich das was an?«, fauche ich zurück.

Kevin reagiert blitzschnell und nimmt mich in den Schwitzkasten.

»Lass mich los«, sage ich gefasst.

Er lacht und lässt mich los. Seine beiden goldenen Schneidezähne glänzen ein wenig im Licht der Laterne. »Komm, ist gut, Felix. Du bist doch der Größte für mich.«

Aber ich habe die Schnauze voll und drehe mich um. Ich kann Kevin nicht mehr sehen, sein dämliches Grinsen widert mich an.

Also laufe ich alleine den Ring entlang und will endlich in den *Nachthimmel.*

10. DIE MESSERSTECHEREI

Eine Stunde und zwei Wodkas später stehen Kevin und ich am Eingang vom *Nachthimmel.* Lauter Kaffer wollen rein. Aber nur die mit Freundin dürfen. Männer, die alleine sind, sollten weiß sein. Der Klub selbst ist schon dunkel genug. Zudem sind die Schwarzköpfe zu respektlos gegenüber Frauen. Wenn du davon ein paar reinlässt, dann baggern sie garantiert alles an, was blond ist. Die Typen sind widerlich.

»Hey, Marie.« Kevin gibt Marie rechts und links Küsschen auf die Wange. Ich kenne sie auch. Langes braunes Haar, Beine bis zum Boden und prächtige Tüten. Ihr Freund ist knapp einen Kopf kleiner als sie. Manchmal frage ich mich, wie ein so hässlicher Zwerg an so einen Schuss kommen konnte ... obwohl er kein Geld hat.

»Kommt rein«, sage ich kurz, drücke beiden die Hand und umarme Marie. Sie riecht nach Nummer 5 – das kann ich gut ab.

Nachdem Marie und ihr Freund verschwunden sind, kommen zwei Typen auf uns zu, sie tragen Eins-A-Klamotten. Der eine fragt mich, ob es mir gut geht und drückt mir einen Zwanziger in die Hand.

»Mir geht es gut«, sage ich. »Aber Kevin geht es noch schlecht.«

Der Typ – er ist übrigens jede Woche hier – schaut seinen Kumpel an, der nun Kevin ebenfalls einen Zwanziger in die Hand drückt.

»Sehr gut geht es mir«, sagt jetzt Kevin.

Zwei weitere Typen sind aufgelaufen und haben die Aktion gerade gesehen.

»Wo möchten Sie hin?«, frage ich den einen höflich, der sich kackdreist dicht vor mich stellt.

»Rein«, sagt er und ist aggressiv. Er könnte Spanier sein oder Portugiese oder so was. Dann zückt er einen Fünfziger und hält ihn mir hin. Aber bevor ich zugreifen kann, zieht er ihn wieder weg.

»Sehr witzig«, sage ich.

»Na, nimm schon«, sagt er. Und ich greife zu, stecke mir ihn in die Hosentasche. Jetzt will er durch und an der Kasse zahlen, aber ich lasse ihn nicht.

»Hey, was soll das?«, fragt er.

»Ich lass mich nicht bestechen«, sage ich.

»Spinnst du? Du hast doch gerade 50 Euro von mir eingesteckt.«

»War ein Geschenk«, sage ich. »Ach ja, danke.«

Jetzt grinst er dämlich mit seiner Südländerfresse: »Ich kenne deinen Chef Cyrus.« Dabei streicht er sich die etwas zu langen Haare zur Seite. Was für eine Schwuchtel ist das denn?

Ich sage: »Aber kennt Cyrus dich?«

»Hey, was soll das? Wir wollen feiern«, sagt er.

»Nur für Clubmitglieder«, erklärt Kevin, der auch gleich genervt von dem Typen ist.

»Lass uns weitergehen«, sagt sein Freund.

Langsam glaube ich, die beiden sind Marokkaner, jedenfalls reden sie wie Araber und haben zu schmale Gesichter für Spanier. Ja, klar, dass sind Marokks.

»Ich rufe Cyrus einfach an«, meint der Marokkaner. Dann redet er mit jemandem am Handy und nickt. »Okay. Ihr sollt uns reinlassen, hat Cyrus gesagt.«

»Fick dich«, sage ich und stelle mich jetzt ganz nah vor ihn. Ich blicke nach unten in sein Gesicht. Am liebsten würde ich ihm einen Headbang verpassen, aber Kevin beschwichtigt mich: »Komm runter. Die Typen sind es nicht wert.«

Also greife ich nur nach seinem Handy und will auf seine Anrufsliste schauen. Ganz sicher ist die letzte Nummer nicht die von Cyrus.

Er wehrt sich: »Hey, gib mir mein Handy, du ...«

Ich schubse ihn weg. Er stolpert und fällt.

Hab ich es mir doch gedacht: Auf seiner Anrufliste ist nicht Cyrus Nummer und auch nicht die vom Klub. Er hat gerade eben gar nicht telefoniert. Ich werfe ihm das Handy hin. Er fängt es. Sein Freund, der eben noch cool war, ist jetzt aufgebracht und kommt auf mich zu. Will der sich schlagen?

»Langweilt meinen Kollegen nicht«, sagt Kevin. »Verpisst euch. Ihr habt hier nichts zu suchen.« Er stellt sich zwischen uns und sagt zu dem Kaffer: »Geht. Das geht sonst schlecht für euch aus.«

Für eine Sekunde glaube ich, der Typ zieht ab, aber dann

zückt er ein Messer und sticht auf Kevin ein. Zwei Mal. Blitzschnell. Kevin bricht zusammen und blutet aus der Seite.

Ich bin geschockt. Das ging so schnell.

Die Kaffer laufen weg. Ich bleibe, presse meine Hand auf Kevins Wunde, und schreie: »Verdammte Scheiße!« Die Leute in der Schlange sehen uns zu. Eine Frau zieht ihr Handy. Sie will ein Foto machen.

»Ruf die Polizei!«, brülle ich sie an. »Sonst steck ich dir das Handy in den Hals.«

»Die Polizei?«

»Ja. Ach, nein, den Krankenwagen. Ruf schon an!«

Ich presse meine Hände auf seine Seite, doch ich kann das Blut nicht stoppen. Verdammte Scheiße! Dieser verfickte Saft sprudelt nur so aus ihm heraus wie Mittagsessen aus einem Magermodel.

»Du kannst hier nicht abkratzen«, sage ich.

Kevin ist so entsetzt, dass er nichts sagt. Aber er sieht mich an. Ich ziehe meine Jacke aus, lege ihn flach auf den Boden und drücke meine Jacke gegen die Wunde. Da ist doch kein Arterie oder so was. Wo kommt das ganze Blut her? Ich kapier das nicht!

Kevin atmet schwer und sagt: »Mach den Kaffer tot.«

Ich sage: »Ja«.

11. ZEUGENAUSSAGE

Sirenen heulen und die Rettungsleute packen Kevin ein. Sie hängen ihn an einen Tropf. »Wo fahren Sie hin?«, frage ich.

»Zum ...«

»Komm schon, schnell ...«, unterbricht uns sein Kollege und wirft die Klappe des Rettungswagens zu. Weg sind sie – ohne mir eine Antwort zu geben.

Hinter meinem Rücken haben sich einige der Wartenden ins *Nachthimmel* geschlichen. Wie asozial ist das denn? Sobald sie keiner kontrolliert, nutzen sie die Möglichkeit und gehen gleich durch bis zur Kasse. Und sind drin!

Ehe ich mich darüber aufregen kann, hält ein Polizeiwagen auf dem Radweg. Er hat Blaulicht, aber keine Sirene. Das ist wie Blitz ohne Donner. Zwei Bullen steigen wichtig aus, Pistole, Handschellen und wie immer zu spät. Ich hasse Bullen. Es ist eine Sie und ein Er. Sie hat eine Mütze auf und einen Pferdeschwanz, er hat eine Mütze auf und einen Pferdeschwanz – und sein Gesicht ist voller Aknekrater. Ich spüre die Jacke in meiner Hand. Sie ist feucht von Kevins Blut. Als wollte ich

Beweismittel verschwinden lassen, gehe ich rüber zum Mülleimer und drücke die Jacke tief hinein, damit sie auch kein Pfandsammler herauspult.

Cyrus kommt aus dem Klub, wie stets trägt er einen Anzug. Das Hemd steht bis zum dritten Knopf offen, dass man fast seine Nippel sehen kann, die Schuhe sind lackiert, und er redet sofort mit den Bullen. Vermutlich hat er von drinnen in seinem Büro über die Kameras längst gesehen, was hier draußen vor sich geht. Dann winkt er mich zu sich: »Komm mal her, Felix!«

Zu den Bullen sagt er: »Sie können ihn alles fragen. Er war an der Tür, als es passierte und der Verletzte ist sein Freund.« Für ihn bin ich ein Angestellter, der genau das tut, was er sagt. Ich hasse das.

Während die mich um meinen Namen bitten, sucht der männliche Bulle nach weiteren Zeugen.

»Keiner von denen in der Schlange hat was gesehen«, bemerke ich laut.

Der Pferdeschwanz dreht sich um und meint: »Das überlassen Sie bitte uns!«

Worauf Cyrus sich einmischt: »Na, es geht auch freundlicher. Schließlich will Felix Ihnen nur helfen. Er ist mein Mitarbeiter.« Dabei knöpft sich Cyrus die oberen beiden Knöpfe seines Hemdes zu.

Der Polizist schaut ihn genervt an. »Bitte lassen Sie uns unsere Arbeit machen.«

»Und keine Zeit verschwenden«, ergänzt Cyrus mit einem Grinsen. »Schließlich sind die Leute unsere Gäste.«

Der Polizist fühlt sich sichtlich provoziert, aber er sagt nichts, sondern wendet sich den Leuten in der Schlange zu, fragt nach: »Wer von Ihnen war eben zugegen als der Überfall passierte?«

Keiner hat etwas gesehen.

Die Polizistin fragt mich derweil noch einmal nach: »Namen? Adresse?«

Ich antworte mit meinem Ausweis.

Cyrus provoziert den Pferdeschwanz weiter: »Und keine Zeit verschwenden. Alles meine Gäste. Die wollen sich amüsieren.«

Der Polizist ist jetzt sauer. Er schreitet auf Cyrus zu: »Ich kann auch Ihr Lokal schließen lassen und ...«

» ... ja, ja. Das können sie. Und den Typen finden, der meinen Mitarbeiter niedergestochen hat, das können Sie hoffentlich auch.« Cyrus ist breiter als der Polizist und schlagfertiger. Er bringt sicherlich 105 Kilo Muskeln, Knochen und Halskette auf die Waage. Ich zeige der Polizistin, wo der Angreifer zweimal mit seinem Messer zugestochen hat. Die ganze Sache erscheint mir verdammt lange her zu sein – als sei es schon gestern passiert. »Ich habe zuerst gar nicht verstanden, dass es ein Messer ist. Dieser Kaffer war schnell wie ein Hütchenspieler.«

Sie will, dass ich den Kaffer näher beschreibe und nicht mehr das Wort *Kaffer* benutze.

»Warum?«

»Weil ich möchte, dass Sie vernünftig mit mir reden.«

»Warum?«, frage ich wieder. »Oder sind Sie von der Sprachpolizei?«

Sie entgegnet mir nichts – nur Schweigen.

»Okay«, sage ich. »Ich sag nicht mehr Kaffer.«

»Also ...«

»Wie soll ich einen Kaffer beschreiben? Lederjacke, nordafrikanisches Gesicht, Anzug, schwarz, einen halben Kopf kleiner als ich, schwarze Augen, einen arabischen Akzent. Kaffer halt. Könnte auch mit einer Machete rumlaufen.«

Sie schreibt und ich frage: »Kann ich jetzt weiterarbeiten?«

Die Polizistin schaut wieder von ihrem Block auf. Sie ist ganz niedlich, hat ein kleines Grübchen im Kinn – gerade mal genug Platz für einen Regentropfen.

»Wie heißen Sie?«, frage ich.

»Berger«, sagt sie.

»Und Ihr Vorname?«

Sie schweigt. Vermutlich weiß sie nicht, was sie von mir halten soll.

Cyrus steht jetzt neben uns.: »Noch Fragen an meinen Angestellten? Oder wird das hier ein Date?«

Sie schaut Cyrus nicht an, sondern sagt nur zu mir: »Ich habe alle Daten von Ihnen. Falls noch etwas sein sollte, melden wir uns bei Ihnen.«

Der andere Polizist hat keinen weiteren Zeugen ausfindig machen können.

»Hab ich Ihnen doch gleich gesagt«, sagt Cyrus und zu mir: »Kommst du zurecht? Soll ich dir noch einen Zweiten zur Seite stellen? Oder willst du Pause für heute machen.«

Ich schüttle den Kopf. »Das krieg ich auch alleine hin.«

»Gut so«, meint Cyrus und klopft mir auf die Schulter.

»Wenn einer vom Pferd fällt, muss er gleich wieder rauf auf den Gaul.«

Ich stelle mich an den Kopf der Schlange – genau dorthin, wo der rote Teppich beginnt, der in den Klub führt. Und mache weiter meine Arbeit.

Gegen 23 Uhr: Mein Handy klingelt. Anna ist dran. Sie hat eine Nachricht von Kevin erhalten, dass er im Krankenhaus liegt. Warum schreibt er denn ihr? Warum schreibt er nicht mir? Es geht ihm wohl schon ganz gut und er will unbedingt heute Nacht noch raus, obwohl die Ärzte es nicht zulassen wollen.

»Er ist wahnsinnig«, sagt Anna.

»Ein verdammt zäher Hund«, sage ich.

Kurz vor Mitternacht: Vor dem *Nachthimmel* herrscht jetzt Hochbetrieb. Santos kommt mir zu Hilfe, denn die Schlange ist aufgeregt. Sein Name klingt wie ein billiger spanischer Rum. Aber Santos ist kein Alkohol, sondern ein schnieker Typ aus dem Sauerland, der wegen der Schwulenszene in Köln gelandet ist. Er entspricht ganz seinem Namen und macht sich wie ein Spanier zurecht: Die Haare schwarz, glänzend, immer Gel in der Frisur und lang nach hinten gekämmt, sieht er mit seinem Halstuch aus wie ein warmer Torero.

Der Abend ist so mild, dass es nur noch schlechter werden kann. Denn bei gutem Wetter stehen sie hier gerne Schlange.

»Hey. Was machst du denn hier?« Plötzlich ist es der Alexander aus Wien, der mich von der Seite anhaut. Er ist mit zwei anderen Typen und einer Frau hier. Die Frau sieht nicht besonders aus, ist aber rothaarig, was schon mal ein Pluspunkt sein kann.

»Wir wollen rein. Geht das?«

»Sogar für lau«, sage ich und zu Santos: »Geh mal mit denen rein und sorg dafür, dass sie nichts zahlen müssen. Sie sind meine Gäste.«

»Wenn du meinst«, entgegnet er. Santos mag nicht gerne mein Laufbursche sein, aber Torero Santos hat halt nur weichgekochte Eier. Normalerweise steht er übrigens hinter der Theke und schenkt aus: ein Cocktailspezialist. Ich vermute, sie haben ihn schon im Kindergarten gemobbt. Da ist es nur konsequent, wenn ich ihn auch mobbe. Leute wie er sind daran gewöhnt. Sie kennen sich aus in dem Milieu wie ein Fisch im Wasser.

12. EINEN FUSS IN KÖLN

Nach einer Stunde verlässt Alexander alleine wieder den Nachthimmel.

Ich frage: »Was ist los? Frische Luft schnappen?«

»Nein. Die gehen mir auf den Wecker. Sind Freunde aus Köln, aber eigentlich sind es keine Freunde mehr, ich brauchte nur etwas zum Schlafen.«

Das klingt unfair von ihm. Wenn er schon in Köln bei den Leuten umsonst pennt, sollte er nicht schlecht über sie reden und Respekt haben. Aber okay. Vielleicht lässt die Rothaarige ihn ja nicht ran.

Alexander: »Erik hat sich heute gewundert, wo du plötzlich nach der Versammlung abgeblieben bist.«

»Jetzt weißt du es ja.«

»Er hat nach dir gesucht und dir eine WhatsApp geschickt.«

Die Frau, die vorne in der Schlange steht, unterbricht unser Gespräch. Sie will wissen, wann sie und ihre Freundin endlich rein können.

»Nie«, sage ich. »Geh, sonst vergess ich mich.« Ich schaue auf das Pärchen hinter den Freundinnen und lasse es rein. Die beiden Freundinnen ziehen beleidigt an ihren kurzen Röcken und gehen ab. Was für ein Theater.

Alexander lacht. »Da hast du aber den Hammer raushängen lassen.«

»Ich weiß«, sage ich.

»Machst du das hier öfter?«

»Ich arbeite sonst noch beim Wachdienst.«

»Was machst du da?«

»Fußballstadion und sonstige Objektbewachung.«

»Ich hätte schwören können, dass du studierst.«

»Ich habe keine Lust auf Studium.«

»Das nenne ich konsequent. So kannst du dich auch gut auf deine Sache konzentrieren.« Dabei sieht er mich verschwörerisch an. »Jedenfalls habe ich mit deinem Ziehvater über dich geredet.«

»Mein Ziehvater?«

»Erik ist doch mit deiner Mutter zusammen.«

»Seit wann?«

»Falls du mich nervös machen willst, dann mach nur weiter so«, sagt er und lacht.

Ich muss auch lachen und frage ihn, wo er als Wiener so gut Deutsch gelernt hat.

Wieder lacht er. Ich kenne außer Anna keinen Menschen, der so weiße und gerade Zähne hat wie Alexander. »Naja«, sagt er. »Vielleicht meldest du dich am besten mal bei Erik.«

Ich sage: »Ja. Und sonst ...« Das sage ich, wenn ich nicht weiß, was ich reden soll. Ich glaube, Alexander hat es echt drauf.

»Follow me«, sagt er. »Na, auf Twitter. Einfach *Alex Freigeyst* eingeben. Aber Geist wird mit y geschrieben. Ist mein Pseudonym.«

»Mach ich gleich«, antworte ich und winke einen Kerl, der mit zwei anderen Typen in der Schlange steht, durch. Es ist der Sohn von Küchen Tenner. Er hängt häufiger mit Cyrus hinten an der VIP-Bar ab.

Alexander sagt, dass ihm Köln sehr gut gefällt, es sei ein gutes Pflaster für Patrioten.

»Wie meinst du das?«

»Dass es hier noch viel zu tun gibt. Und wir sollten in diese Stadt investieren. Geld haben wir genug und Erik meint, es könne sich lohnen. Es ist gut, einen Fuß in Köln zu haben.«

Worauf spielt er damit an? »Das hier ist jedenfalls nicht der richtige Ort, um über so was zu reden«, sage ich und rufe: »In der Reihe stehen bleiben! Seht ihr nicht die Abgrenzung?!« Tatsächlich gehorchen mir die jungen Typen, die gerade auf Platz zwanzig oder fünfundzwanzig in der Schlange warten.

»Wenn du an der Tür stehst, hast du eine riesige Macht«, sagt Alexander und drückt mir die Hand. »Ich will dich nicht weiter aufhalten. Mach deinen Job. Ich fände es jedenfalls gut, wenn wir hier was investieren könnten. Organisationen wie wir brauchen überall Standbeine.«

Dann geht er weg – ohne seine Freunde. Oder waren es gar nicht seine Freunde? Stimmt das mit der Übernachtung vielleicht überhaupt nicht? Mir kann es egal sein. Morgen ist der Typ wieder in Wien und ich bin hier am Kopf der Schlange.

»Hey, hey, hey, nicht drängeln!«, schreie ich die Leute an.

13. DAS KALTE HERZ DES PERSERS

Gegen halb fünf Uhr morgens ist meine Schicht vorbei und ich kassiere mein Geld bei Cyrus. Sein Büro ist hinten durch den Klub. Es ist etwa so groß wie unsere gesamte Wohnung. Am Ende des Zimmers sitzt er an einem uralten Schreibtisch, der angeblich extra aus dem Iran hierher transportiert wurde. Irgendwie wirkt das einschüchternd. Ich habe mal gehört, dass Hitler und Himmler auch riesige Büros hatten. Und auf dem Weg bis zu ihrem Schreibtisch fühlst du dich schon klein wie eine Maus. Cyrus' Schreibtisch wird jede Woche poliert und sogar seine Tastatur hat kleine Saugnäpfe, damit der Lack auf dem Schreibtisch nicht angegriffen wird.

Ich glaube, dass es nicht allzu viele persische Bodybuilder gibt. Aber Cyrus sieht genauso aus. Ich weiß nicht, wie oft ein Perser Gewichte stemmen und Anabolika fressen muss, bis er eine solche Figur hat. Zu seinem Schicksal gehört auch noch, dass er vier Mädchen hat, obwohl er sich eigentlich einen Jungen gewünscht hat, wie er oft genug betont. Ein Mädel wird wohl kaum seinen Laden übernehmen können. Er sitzt jetzt hinter diesem iranischen Monster von Schreibtisch und fragt mich, ob noch etwas Außergewöhnliches passiert sei und ob »Kevins Ersatzmann« seinen Job gut gemacht habe.

»Du meinst Santos?«

»Wen sonst?«

»Ja, er hat seinen Job gut gemacht. Wir hatten aber auch nicht mehr viel zu tun. Die Leute waren ruhig.«

Cyrus bittet mich, auch Kevins Anteil mitzunehmen und ihn zu grüßen. Doch dann gibt er mir nur fünfundsiebzig Euro für Kevin.

Ich sehe ihn fragend an: »300 kostet eine Nacht.«

»Aber nicht, wenn Kevin schon nach einem Viertel seiner Schicht aufhört.«

Cyrus überrascht mich immer wieder. Wenn er Mitleid zeigt, dann ist es gespielt. Manchmal glaube ich, er hatte keine Mutter, sondern nur zwei Väter. Er hat einfach kein Herz, nichts. Vermutlich ruht in seiner Brust nur ein kalter Stein. Ich habe als Kind auf dem Kika *Das kalte Herz* gesehen. Heute weiß ich, das Märchen spielt eigentlich gar nicht im Schwarzwald, sondern irgendwo im Hinterzimmer einer Kölner Diskothek, und der Tanzbodenkönig ist ein mächtiger Perser. Das Märchen vom kalten Herz habe ich als Kind geliebt. Es hat mich total gegruselt. Ich bin dann abends bei Mama ins Bett geschlüpft. Das weiß ich zwar nicht mehr, aber sie hat es mir schon hundertmal erzählt.

Als ich Cyrus jetzt noch einmal auf Kevins Geld anspreche, meint er nur: »Verschwinde. Ich habe nichts mehr dazu zu sagen.«

Ich laufe zu Fuß nach Hause. Kevin wird nicht begeistert sein, wenn er davon hört, dass Cyrus ihn abgezockt hat. Vermutlich schreit er rum oder scheuert mir auch noch eine aus Frust, weil ich dem Perser das Geld nicht aus den Rippen leiern konnte. Das hat er schon einmal getan. Anna schlägt er nie. Obwohl er vor nichts Respekt hat. Vermutlich ist er wie wir alle nur abhängig von ihrem Bett. Vielleicht ist das Bett sowieso die Macht der Frauen. Die Eizelle ist die Sonne, um die wir alle tanzen.

Am Ehrenfeld Gürtel hat der Türke 24 Stunden auf und verkauft mir Döner. Ich schreibe Anna eine WhatsApp. Sie antwortet nicht. Und Kevin antwortet mir auch nicht.

Der Dönertürke ist der Sohn von jenem Dönertürken, der hier bereits vierzig Jahre lang hinterm Tresen der Dönerbude gestanden hat.

Ich sage: »Und was macht der Papa? Fühlt er sich wohl als Rentner?«

»Ist tot«, sagt sein Sohn.

»Wie?«

»Morgens lag er im Bett und ...«

Ich weiß nicht, was ich darauf sagen soll.

»Verdammte Scheiße«, sage ich.

Und der Dönertürke nickt. »Verdammte Scheiße.«

Als ich fünfzehn war, habe ich mal die Scheibe hier vom Dönerladen eingeworfen, weil Kevin es wollte. Es war eine total dämliche Aktion, weil ich und Kevin eigentlich null gegen Türken haben. Aber es gab damals noch nicht so viele Araber und der Döner-Grill ist gleich um die Ecke und so lag es nahe, die Scheibe einzuwerfen. Weder der alte Dönergriller noch sein Sohn ahnen, dass ich Neonazi bin. Wie auch? Glatzen tragen heute viele und Bomberjacken tragen wir nur noch auf Demos. Jedenfalls ist jetzt der Dönerpapa tot.

Der Dönersohn und ich schweigen.

Ich bin der einzige Kunde und er säbelt mit dem Messer das Dönerfleisch in die silberne Schale darunter. Gemütlich suppt das Fett aus dem Fleisch.

»Ich mag keine Araber«, sage ich.

»Ich auch nicht«, sagt der Dönersohn.

»Früher mochte ich keine Türken«, sage ich.

»Bei mir waren es immer schon die Araber«, sagt er und wir lachen beide. Dann fragt er: »Wie immer?« Und ich sage »Wie immer. Scharf und mit allem.«

Das ist unser Ritual.

»Und wie findest du Erdogan?«

»Gut«, sagt er und ich sage: »Kann ich verstehen.«

»Aber die Nazivergleiche …?«

»Gefallen mir am besten«, sage ich und schlage die Hacken aneinander, grüße und sage: »Jawohl!«

Der Dönersohn lacht und ich sage: »Und weil wir Nazis sind, freuen wir uns schon darauf, endlich die Türken rauszuschmeißen. Sollen sie sich doch auf dem Dönergrill drehen. Und wir schneiden sie uns ins Brot.«

Ich lache wieder, aber nicht der Dönersohn. Es scheint ihm eine Ecke zu hart gewesen zu sein, was ich gerade gesagt habe. Er reicht mir den Döner rüber und ich sage: »Nichts für ungut, wir Nazis mögen Türken.«

»Vor allem am Spieß«, spaßt er.

Ich drücke mir den Döner ins Gesicht und gehe raus aus der Bude. Es ist ein beschissener Abend. Zuhause höre ich zu allem Überfluss noch Mama mit einem Kerl. Sie sind zugange. Ob es Erik ist, kann ich nicht sagen. Es ist mir auch egal. Ich hasse es, wenn sie stöhnt.

14. WAFFEN UND MUNITION

Es ist Montag und Schorsch ruft an. Schorsch heißt eigentlich Georg und ist schon über siebzig. Er koordiniert die Mitarbeiter in der Zentrale des Tiger-Wachdiensts und möchte, dass ich heute einen neuen Job anfange: im Asylantenheim! Es ist nicht weit von uns entfernt. In dem Gebäudekomplex war ganz früher mal das Finanzamt.

Schorsch sagt: »Du musst für Marius einspringen. Er ist krank.«

»Na klar. Der hat ganz sicher null Bock, Araberärsche zu schützen.«

Schorsch sagt nichts. Das ist sein Trick. Wenn es schwierig wird, hält er regelmäßig die Klappe. Er hofft darauf, dass ich so weich werde. Aber ich bleibe hart: »Meinst du das ernst? Ich soll da aufpassen?«

»Es gibt 9,70 Euro die Stunde und nachts das Doppelte.«

»Ab wann?«

»Ab heute. Du kriegst gleich eine Einweisung und kannst dann in der Spätschicht anfangen.«

»Wie gleich?«

»Ja, in gut einer Stunde etwa.«

»Geht nicht. Ist mir zu früh.«

»Gleich ist Mittag. Es ist halb zwölf.«

»Zu früh«, wiederhole ich.

»Dann halt nicht!«, sagt Schorsch. Er klingt sauer und er ist sauer, denn er weiß nicht, wen er sonst noch anrufen soll. Das betont er zumindest. »Wenn man dich mal braucht, Felix, dann willst du nicht.« Dann sagt er: »Ich werde bei Mo nachfragen.«

»Gute Idee. Mo braucht auf alle Fälle das Geld.«

»Du nicht?«

Jetzt schweige ich.

Wir haben uns nichts mehr zu sagen und nun tutet es in der Leitung.

Warum hat mich die Knitterfresse nur wecken müssen? Er hätte doch gleich Mo anrufen können. Seit sein Vater ihn rausgeschmissen hat, muss er teuer Miete zahlen und Strom und all den Kram. Das ist sehr unbequem, wenn du keine Lust aufs Amt hast.

Ich mache die Augen wieder zu und versuche, noch mal einzuschlafen. Aber es hämmert irgendwo in der Wohnung. Das muss meine Mutter sein. Sie soll für ihren Tagesmutterjob die Wohnung umbauen. Obwohl das hier eher so klingt, als würde sie das Haus abreißen. Nächste Woche kommen Leute vom Amt und wollen alles inspizieren.

»Verdammter Mist!«, schreie ich. »Ich will pennen!«

Doch das Hämmern geht weiter. Ich schaue aufs Handy. Seit gestern folge ich Alexander. Er hat gerade etwas getwittert: *Worüber regt sich die linke Twitteria eigentlich auf? Über mein Pfefferspray zur Selbstverteidigung oder die 21 Flüchtlinge aus Syrien, bei denen Waffen und Munition in Köln gefunden wurden?* Ich stocke. In Köln? Ich scrolle runter und tatsächlich kommt ein Foto vom Asylantenheim. Dieser Idiot von Schorsch wollte mich zu diesen Mitessern stecken. Wie blöd kann man nur sein?

Ich muss an Mo denken. Ob er den Job im Asylantenheim angenommen hat? Mo ist ein netter Kerl, ein Türke, der kein Türke sein will. Eigentlich heißt er Mohammed. Die türkischen Eltern haben die Angewohnheit, ihre Kinder mit Namen wie Mohammed zu infizieren, damit sie für immer und ewig als Moslems abgestempelt sind. Das ist so was wie ein Kopftuch für Männer. So einen Namen wirst du nie wieder los. Ich kenne Mo aus der Grundschule. Wir haben damals eine Projektwoche mit dem Titel *Deine Heimat* gehabt. Ein Schriftsteller kam zu uns in die Klasse. Jeder sollte einen Gegenstand mitbringen, der für uns etwas mit Heimat zu tun hat. Ich hatte einen Stein mitgebracht, weil ich ihn auf dem Weg gefunden hatte. Mo brachte ein Foto von einem Kaff in Anatolien mit. Er erzählte, dass dort sein Opa und seine Oma lebten, und er sagte: »Mein Papa will, dass die Türkei meine Heimat ist. Und ich sage es, damit er stolz auf mich ist.« Mo musste auch in der Schule Türkisch lernen, damit er ein richtiger Türke wird.

»Hallo!« Es klopft an meine Tür. Das ist eindeutig Eriks Stimme. Macht der etwa den Krach? Wieder sagt er von draußen: »Hallo!«

»Ich schlafe!«, sage ich.

»Jetzt nicht mehr. Ich brauch deine Hilfe!« Mit diesen Worten senkt sich die Klinke, aber Erik kriegt die Tür nicht auf, denn ich habe reagiert und halte jetzt mein linkes Bein aus dem Bett und drücke mit dem Fuß gegen die Tür. Bildet der sich ein, er könnte mir was befehlen? Dieser Idiot!

»Mach schon auf!«, bellt er.

»Was soll das?«, schreie ich.

»Die Frage solltest du dir selbst stellen. Du hängst hier den ganzen Sonntag rum, kommst nicht aus deinem Zimmer und frisst irgendwelche Chips und Müll in dich und jetzt ist Montag und du tust immer noch, als sei die Welt ein Kiosk. Du musst aufstehen und mir helfen. Verstanden?«

»Ich muss gar nichts.«

»Lass ihn!«, ruft meine Mutter von irgendwo weiter weg her.

Doch Erik lässt mich nicht in Ruhe. Er scheint sich von außen gegen die Tür zu werfen, jedenfalls kann ich die Tür nicht mehr zuhalten und er fällt halb in mein Zimmer. Ich bin erstaunt, wie er aussieht. Er trägt zwar wieder ein Hemd, aber es ist eindeutig zerschlissen und seine Jeanshose hat die besten Jahre auch schon hinter sich. Er befiehlt: »Du stehst jetzt auf, Freundchen, sonst hast du Ärger. Und zwar nicht nur mit mir. Wir dulden keinen in unserer Bewegung, der sich so scheiße gegenüber seiner Mutter verhält. Sie braucht deine Hilfe. Verstehst du das nicht? Oder ist was kaputt in deinem Schädel?«

Seine Falten auf der Stirn sind tief und respekteinflößend.

»Was hast du überhaupt an?«, frage ich ihn.

Für eine Sekunde ist er baff. Dann jedoch erklärt er: »Ich helfe deiner Mutter. Wir haben eben einen Schrank zerlegt, ein paar Nägel für das neue Regal im Flur eingeschlagen und streichen jetzt das Wohnzimmer.«

»Echt?«

»Ganz echt. Die Leute vom Amt sollen sehen, dass wir uns bemühen.«

»Warum macht denn einer wie du das selbst? Hast du keine Leute dafür?«

»Weil Söhne wie du faul sind und ihre Mutter im Stich lassen. Deshalb muss ich ihr helfen.«

»Du tust es doch gerne. Oder?«

»Ja. Das solltest du dir auch angewöhnen, etwas gerne zu tun. Wir können nur etwas erreichen, wenn wir hinter den Sachen stehen, die wir machen. Das weißt du doch.«

Ich kann ihm nur Recht geben. Schließlich weiß das jeder.

»Und willst du, dass es deiner Mutter gut geht?«

»Was für eine bescheuerte Frage!«

»Was für eine dämliche Antwort. Sag mir jetzt: Willst du, dass es deiner Mutter gut geht?«

Ich sage klar und deutlich: »Ja.«

»Also, dann steh auf und hilf uns gefälligst.«

15. TAPETENKLEISTER, PHILOSOPHIE UND POLITIK

Daher liege ich nicht mehr im Bett, sondern stehe in der Küche und muss die Tapete abkratzen. Was für eine ätzende Scheiße. Der Spachtel ist ohnehin fast stumpf und die Tapete pappt seit tausend Jahren an der Wand. Das ist schlimmer, als sich von Asylanten erschießen zu lassen.

Erik ist wahnsinnig: Er will nicht nur das Wohnzimmer herrichten, sondern auch die Küche gleich mit auf Vordermann bringen. Er hat noch einen anderen Typen dabei. Einen gewissen Malte, groß wie ein Schrank, und scheint nicht mehr alle Tassen im Schrank zu haben: 90 Prozent Autist, 40 Prozent Schnaps, 0 Prozent Hirn; jedenfalls redet er gar nicht und riecht aus dem Mund nach Alkohol. Ich dachte immer, alle Maltes dieser Welt sind schon uralt, der hier ist aber nicht älter als ich und entpuppt sich als perfekter Tapetenabkratzer. Eine halbe Stunde später haben wir jedenfalls den Mist von den Wänden.

Und dann ist der Kerl auch noch ein guter Tapezierer. Er

steht auf einem Stuhl und wartet darauf, dass wir ihm wieder eine neue Bahn Raufasertapete reichen. Erik erzählt mir von der Zeitung in Trier, bei der er gearbeitet hat. Ihm habe das politische Profil des Blattes nicht zugesagt. Er habe nie die Wahrheit schreiben dürfen, schließlich sei es dem Verleger nur darum gegangen, seine Anzeigenkunden zu behalten. Denn Anzeigen bringen Geld.

»Was meinst du mit Anzeigen?«, frage ich ihn.

»Na, Werbung. Stell dir vor, da passieren folgende Geschichten: Dem Besitzer der beiden größten Autohäuser der Region gehört noch ein riesiges Grundstück ganz in der Nähe der Stadt. Nun wird es plötzlich vom Rat der Gemeinde als Bauland ausgewiesen. Dann steigt natürlich der Preis für das Grundstück. Was vorher sechs Euro pro Quadratmeter wert war, kostet jetzt 21 Euro.«

Ich sage: »Verstehe« – obwohl ich nicht wirklich verstehe.

»Ich glaube, du verstehst es noch nicht ganz«, meint er freundlich, während ich den Quast in den Kleber tunke und damit die Tapete einreibe. »Die Politiker im Gemeinderat haben nur deshalb dafür gestimmt, dass das Land Bauland wird, weil sie von dem Besitzer der Autohäuser bestochen wurden. Und als ich das schreiben wollte, wollte der Verleger es nicht. Dabei hatte ich Beweise. Du glaubst gar nicht, wie korrupt Deutschland ist. Verseucht bis ins letzte Kuhkaff und hier in Köln ist es ganz schlimm. Hier wäscht jede Hand die andere. Die an der Macht sind, stecken alle unter einer Decke. Und schreibt die Zeitung über diese Korruption? Nein! Berichtet das Fernsehen über diese Korruption? Nein! Ich will nicht wissen, was am Flughafen Berlin abgegangen ist. Du kannst dir folgende Regel merken: Die Politik und das Recht ist immer mit den Reichen. Der Grund liegt schon im Ursprung der herrschenden Klasse. Sie rekrutiert sich meist aus den Reichen. In einer kapitalistischen Demokratie ist es ganz extrem. Da stabilisieren sich Reichtum und Herrschaft gegenseitig. Deshalb haben doch die Leute die Schnauze voll und wollen einen Erdogan oder einen Putin, die Verantwortung übernehmen.«

Ich verstehe, was er meint, aber muss mich konzentrieren. Es ist anders als bei meiner Mutter, da muss ich niemals nachdenken, wenn sie etwas sagt, auch nicht bei Kevin oder meinen Kameraden. Erik redet nun davon, dass sich aus dieser herrschenden Klasse die sogenannte *Gute Gesellschaft* entwickelt. »Am Anfang sind die Mächtigen noch grob wie Donald Trump, dann jedoch verfeinert sich alles im System, schleift sich ab und am Ende wird aus Donald Trump wieder die gute Gesellschaft. Es ist der immer gleiche Kreislauf. Papa oder Mama sind Politiker und reich und schicken ihre Kinder auf Schulen, auf die Reiche und Politikerkinder gehen. Die lernen sich dort kennen und am Ende versorgen sie sich wieder gegenseitig mit Posten.«

»Und das willst du auch schaffen und mich auf eine Eliteschule schicken?«, bemerke ich ironisch. Erik schaut kurz vom Quast auf und grinst.

Er geht nicht weiter auf meine Frage ein, sondern wir geben Malte vorsichtig die feuchte Tapetenbahn. Er streckt sich auf dem Stuhl und klebt sie sauber an. Dann fährt er noch einmal mit den Händen darüber, damit sich keine Blasen unter der Tapete einnisten. Seine Bewegungen sind geschmeidig, obwohl er wie ein Klotz aussieht. Ich hab auch schon mal versucht, mit Mama zu tapezieren. Das Resultat war, dass uns am Ende ein Freund von Mama helfen musste, weil alles wie Kraut und Rüben aussah. Jetzt stehe ich wieder neben einem ihrer Freunde, aber er redet nicht irgendeinen Prollmist, sondern davon, dass es stets Menschen gibt, die einen Willen zur Macht haben, und der ohnmächtigen Masse sagen, wo es langgeht. »Der Typ, der das zuerst gesagt hat, hieß Friedrich Nietzsche. Er hat auch die Idee eines Übermenschen entworfen. Du hast doch Ahnung vom Nationalsozialismus?«

Ich nicke.

»Das Wort *Superman* von den Comics kommt übrigens auch von *Übermensch.* Der Comiczeichner, der damals den Superman erfunden hat, war Nietzsche-Fan. Ist schon interessant.«

Ich nicke wieder.

»Die Menge ist dumm wie ein Schaf. Glaub es mir, Felix. Du musst dir Respekt verschaffen, egal wie. Ob durch strahlende Intelligenz oder durch einen Schlag ins Gesicht deines Gegners. Friedrich Nietzsche hat von einem Willen zur Macht gesprochen. Für mich ist er der entscheidende Denker gewesen und genau diesen Willen zur Macht braucht man, um mächtig zu werden, um etwas zu verändern und die Welt zu verbessern.«

»Felix hätte so locker sein Abitur machen können«, sagt meine Mutter aus dem Nichts heraus. Warum sagt sie das jetzt? Sie sitzt auf dem Sofa, das wir eben in die Ecke am Fenster geschoben haben. Nun steht sie auf und gibt mir einen Kuss auf die Wange. Ich drücke sie nicht weg. Schließlich ist sie meine Mutter.

Erik redet weiter von Philosophie und von Macht. »Es bringt dir nichts, im Leben viel Wissen anzuhäufen oder der Fleißigste zu sein; du musst etwas wollen, ganz unbedingt.«

Ich kenne jemanden, der genauso drauf ist: Kevin!

Er ist nicht der Hellste, aber er weiß, was er will: Der Erste sein. Und Anna für sich haben. Er will alles kontrollieren. Jede Aktion von uns muss immer über ihn laufen.

Insgesamt sind wir sechs Kameraden. Zurzeit sehen wir uns kaum noch, denn Schädel arbeitet nur dann im *Nachthimmel,* wenn ich gerade keine Schicht habe – und Max hat einen stressigen Job in der Schreinerei. Nur Fritz war vergangene Woche mit bei Anna. Er arbeitet auch als Türsteher vom *Nachthimmel.* Und Anna? Sie ist immer da und ein Blatt im Wind. Sie ist die Sechste. Wenn wir Aktionen machen, ist sie natürlich nicht mit dabei.

Erik redet von Stärke und ich streiche die nächste Bahn Raufaser mit dem Quast ein. Die Welt sei eine Welt der Schwachen geworden, dabei müsste den Starken die Welt gehören. Schuld an allem sei das System der Banken und des Geldes. Die Amerikaner machten überall Krieg » ... und wir müssen dann die Flüchtlinge aus den Kriegsgebieten aufnehmen. So destabilisieren die USA die EU. Jahrelang haben die Amerikaner und Engländer uns gesagt, was gut und böse ist, was richtig und falsch. Sie haben die Menschen durch Kriege aus ihren Ländern vertrieben, quer durch Afrika, quer durch Europa, haben den Irak in den Tod getrieben, den Libanon, Syrien und sie werden das auch noch mit dem Iran tun; sie beherrschen die Welt. Sie haben uns sogar ihre Sprache aufgezwungen. Aber damit ist jetzt Schluss. Denn wir wissen selbst, was richtig und was falsch ist und wir haben unsere eigene Sprache. Jetzt nach dem Brexit ist, endlich die Zeit gekommen ...«

Er hat sich in Wut geredet.

Wir stehen mittlerweile in der Küche und ich fühle mich, als würde gerade etwas Großes geschehen, als sei alles möglich und Deutschland auf dem Weg, die Ketten zu sprengen. Am liebsten würde ich auf die Straße laufen und dem erstbesten Ami oder Britten eins auf die Schnauze hauen.

Meine Mutter macht Linsensuppe und Butterbrote und sie hat Mettwürste gekauft. Es ist jetzt schon viertel nach drei und die Suppe schmeckt total gut. Ich kann mich nicht daran erinnern, wann sie das letzte Mal gekocht hat.

Erik fragt mich, ob ich Alexander auf Twitter folge.

»Ja. Warum?«

»Weil er gerade an einer dicken Sache dran ist. Es geht um die SPD. Sie hat Dreck am Stecken.«

»Hat sie das nicht immer?«, fragt Mama.

Sie ist gut gelaunt und hat ein paar Kleckse Rauweiß im Gesicht. So fröhlich habe ich sie lange nicht mehr gesehen. Selbst ihre roten Haare scheinen heute zu leuchten. Es gefällt ihr wohl, dass Erik mich ein wenig in den Griff bekommt. Ich gehe zur Brotdose, aber sie ist leer. »Hast du etwa das Brot vergessen?«, frage ich Mama sauer.

»Wie redest du eigentlich mit deiner Mutter?«, fragt Erik.

»Wieso? Sie ist meine Mutter.«

»Also behandle sie auch entsprechend«, wird er dominanter und legt den Löffel zur Seite. In mir keimt ein neuer, bitterer Hass auf, aber ich schlucke ihn runter. Ich mag Erik, denn ich mag Menschen, die mich verändern. Doch sollte er den Bogen nicht überspannen.

»Okay«, sage ich, setze mich wieder und löffle weiter.

»Und sag nicht immer okay. Du kannst genauso gut ›ist gut‹ sagen.«

»Okay«, sage ich und wir lachen alle – auch dieser Malte, der Hände so groß wie Schaufeln hat und in dessen Mundwinkel Suppe klebt. Der ist echt schräg.

»Was hat denn die SPD für Dreck am Stecken?«, will Mama von Erik wissen.

»Weiß nicht. Aber Alexander hat mir geschrieben, dass die Bombe bald platzt. Das wird Schulz & Co. garantiert nicht passen. Dieser Schulz ist schlimmer, als jede Merkel es je gewesen ist.«

Ich kippe den Teller, um die letzte Pfütze Suppe auszulöffeln.

Gegen Abend sind wir mit den beiden Zimmern und der Küche fast fertig. Das war ein wahrer Höllenritt. Morgen wollen Malte und Erik noch ein paar Möbel besorgen, damit die Kinder endlich kommen können.

»Soll ich auch mit zu Ikea?«, frage ich.

»Nein, wir müssen so viele Möbel im Wagen verstauen, da ist kein Platz mehr für drei Leute.«

»Verstehe.«

Erik will wissen, ob ich schon mal Saalwächter gewesen sei.

»Bislang nicht. Aber ich arbeite an der Tür vom *Nachthimmel.*«

»Dann weißt du, wie du einen Raum oder einen Eingang verteidigen musst?«

»Ganz sicher«, sage ich. »Vor ein paar Tagen hatten wir erst eine Messerstecherei mit zwei Arabern.«

»Das möchten wir nicht. Aber wir brauchen jemanden wie dich, um den Saal zu sichern.«

»Wann?«

»Ich sage dir, wenn es so weit ist.«

Solche Antworten mag ich nicht. »Wenn ich dann Zeit habe«, entgegne ich ihm.

»Für vier Stunden bekommst du 170 Euro bar auf die Hand.«

Ich schlage ein und erkläre: »Vorschuss wäre schon mal gut.«

Erik drückt mir einen Braunen zu. So, dass Mama es nicht sieht, und auch nicht Malte. Dann zieht er mich am Nacken zu sich und flüstert mir ins Ohr: »Ich verlasse mich auf dich.«

»Aber ganz sicher«, sage ich. »Die vom Wachdienst hätten mich längst rausgeworfen, wenn ich nicht verlässlich wäre.«

Mit fünfzig Euro, einer Flasche Wodka in der Tasche und Kevins Lohn vom Nachthimmel mache ich mich auf den Weg zu Anna.

16. »ER HAT NOCH PULS.«

Kevin ist bei Anna.

Die beiden wollen wissen, wo ich gestern gewesen bin. Ich hätte mich den ganzen Sonntag nicht gemeldet.

Seit wann muss ich mich melden? Bin ich hier beim Militär? Warum steht Anna überhaupt immer auf Kevins Seite? Dieser blöde Sack sitzt wie ein Fleischberg auf der Couch und spielt den leidenden Patienten auf dem Weg zur Genesung.

Ich frage ihn, ob es nicht erlaubt sei, mal einen Tag Funkstille zu haben.

»Natürlich. Aber nach meiner Gesundheitslage hättest du dich schon erkundigen können.« Er hält Anna im Arm und küsst sie auf die Lippen. Es ist, als wolle er sein Revier abstecken. Wie ein Hund, der gegen einen Baum pinkelt. Ekelhaft. Er hat null Respekt vor ihr. Ich verstehe nicht, warum sie das mit sich machen lässt. Ich merke, wie die Wut in mir hochsteigt. Am besten wäre ich zuhause geblieben. Unausgeschlafen bin ich immer schlecht gelaunt.

»Du hast meinen Schwager schwer beeindruckt«, sagt

Kevin. »Dieser Erik ist ein ganz hohes Tier im Vorstand der Bundespartei und in NRW ist er der Vorsitzende.«

»Kann sein«, entgegne ich. »Hauptsächlich habe ich mit ihm unsere Wohnung tapeziert.«

»Du hast gearbeitet?«

Ich gieße mir Wodka in die Tasse, um mich selbst zu beruhigen.

Dann lehne ich mich im Sessel zurück und schließe die Augen. Für eine Sekunde muss ich an die Pistole denken, die ich mir bei killme.onion bestellen wollte. Ich sollte es noch tun, dann kann ich jederzeit jeden dahin schicken, wo er hingehört. Ich spüre das Porzellan an meinen Lippen, dann den Wodka. Er ist zu warm, aber das ist mir egal. Anna hat keine Gläser. Bei Wodka spielt es nicht einmal eine Rolle, ob die Tasse sauber ist, schließlich verbrennt Wodka alles.

Ich mag die Russen. Die Franzosen suchen den Wein nach der Speise aus, die Russen gucken, was sich gut zu Wodka essen lässt. Als von Anna die Mutter gestorben ist und auf dem Westfriedhof beerdigt wurde, da haben wir mit ihrem Bruder Igor auf Campingstühlen neben dem Grab gesessen und Wodka getrunken und noch warme Pelmeni aus der Tupperdose gefuttert. Igor hat von seiner Mutter erzählt, als würde sie noch leben. Als mein Vater gestorben ist, musste meine Mutter sogar den Pfarrer bezahlen und ihm das Taxi spendieren. Dann saßen wir zuhause herum und haben einen Gyros komplett mit Messer und Gabel gegessen. Ich würde gerne Russisch sprechen.

»Du solltest dich an Erik halten«, meint Kevin und dass ich

ihn gefälligst ansehen soll, wenn er mit mir redet. Ich tue ihm den Gefallen und kippe mir Wodka nach. Ich will betrunken sein. Sonst ertrage ich den Mist hier nicht. Diese ewigen Bevormundungen von Kevin habe ich satt.

»Er tut dir ganz sicher gut und kann uns vielleicht helfen«, meint er.

»Ich werde für ihn arbeiten.«

»Ach.«

»Bei den Parteiversammlungen als Ordner.«

»Gut für dich. Hast du mein Geld dabei?«

Vor dieser Frage habe ich mich die ganze Zeit gefürchtet.

Kevin beugt sich nach vorn und fasst sich kurz an die Seite. Ob er noch Schmerzen hat?

Ich zeige ihm die fünfundsiebzig Euro.

»Zu wenig«, sagt er und pflückt mir die Tasse aus der Hand, stellt sie krachend auf den Tisch.

»Ich weiß, aber Cyrus meinte, du hättest nicht mehr verdient.«

»Verarsch mich nicht, Felix. Wo ist der Rest?«

»Hab ich nicht gekriegt.«

»Belüg mich nicht.«

Ich bin froh, dass Annas Couchtisch so breit ist. Sonst würde er womöglich darüber hinweggreifen und mir die Kehle zudrücken. »Cyrus ist geizig. Das weißt du.«

»Stimmt«, mischt Anna sich ein. »Der braucht alles für seine Anabolika.«

Kevin greift ihr an die Brust und gibt ihr einen Zungenkuss. »Machen Anabolika auch dicke Tüten?«, fragt er frech.

Sie reagiert nicht darauf, sondern gibt ihm einen Kuss auf den Mund. Endlich wählt Kevin Cyrus' Nummer.

Während Kevin mit Cyrus telefoniert, mustert er mich. »Lügst du mich an, Felix?«

Ich schüttle den Kopf.

An Cyrus gewandt, meint er: »Aber Felix behauptet, dass du ihm keine Dreihundert für mich gegeben hast.«

Kevin schaltet das Handy aus, ohne sich von Cyrus zu verabschieden. Dann fährt er mich an: »Was soll die Scheiße!?«

Kevins Augen liegen tief und schwer wie Steine in den Höhlen.

Ich sage: »Glaubst du diesem Perser etwa mehr als mir? Und den Türdienst habe ich die ganze Zeit alleine machen müssen, während du dich hast verarzten lassen.«

»Deshalb gibst du mir also das Geld nicht.«

»Quatsch. Cyrus lügt. Ich habe nur fünfundsiebzig von ihm gekriegt.«

»Steh auf und komm mal her«, befiehlt er mir.

»Wieso?«

»Frag nicht so blöd. Komm.«

Ich gehe um den Tisch und merke, dass der Wodka schon in mir arbeitet. Ich weiß, dass Kevin mich gleich bestrafen wird und tue trotzdem, was er will. Ich bin wie ein Schaf, das zur Schlachtbank geführt wird. Da greift er plötzlich nach meinem Hals und packt mich an der Kehle. Es tut unglaublich weh. Mit einem Schlag ist das Gesicht von dem Kaffer vor meinem geistigen Auge. Er muss wahnsinnige Schmerzen gehabt haben, als ich ihm mit meinem Schlagring den Kehlkopf eingedrückt habe. Wenn Kevin jetzt zudrückt, werde ich nie wieder atmen können, nie wieder. Er fasst mit der Linken in meine Jeanstasche, zieht meine Scheine daraus hervor und grinst so breit, dass ich seine beiden Goldzähne sehen kann.

»Na, was haben wir denn da? Mein Geld!« Er zerknautscht die Scheine in der Hand und steckt sie sich vorn ins Hemd. »Das ist der Anfang«, sagt er. Dann lässt er mich los.

Ich bekomme wieder Luft und huste. Jetzt erst kann ich wieder etwas sagen: »Hast du sie nicht mehr alle? Das ist mein Geld.«

Kevin lacht nur kurz, denn jetzt fasst er sich mit schmerzverzerrtem Gesicht an die Seite. Die Wunde scheint ihm weh zu tun. »Du wolltest mich also verarschen. Okay. Versuchen kannst du es ja. Nicht so schlimm. Wo ist eigentlich das Geld von den anderen?«

»Cyrus hat mir nichts gegeben.«

Er öffnet die Hand und zeigt damit auf meine Kehle.

»Ist ja gut«, sage ich und reibe mir den Hals. »Du musst mir nichts sagen. Ich hole das Geld von Cyrus.«

»Das würde dir sehr helfen«, meint er.

Ich schaue über die beiden hinweg auf den Schlagring, der auf der Kommode hinter der Couch liegt. Anna hat ihn nicht sauber gemacht. Er ist immer noch voller Blut. Ich gehe hinter die Couch. Kevin dreht sich nicht um zu mir. Er weiß, dass ich das als Schwäche auslegen würde. Ich greife in Ruhe nach dem Schlagring und ziehe ihn auf.

Kevin betrachtet mich nun aus dem Augenwinkel.

»Steht dir«, sagt er.

Ich befinde mich direkt hinter ihm und schaue auf die Landkarte, die er sich auf die Glatze hat tätowieren lassen. Was für ein Mist. Ich lege meine linke Hand auf Annas Kopf. Ihr Haar ist weich und tiefschwarz wie ihr Zimmer. Anna hat mir mal gesagt: ›Wer nichts sieht, fühlt mehr‹. Ich lege meine Rechte mit dem Schlagring auf Kevins Kopf und sage: »Ganz schön hart so ein Schlagring. Er liegt direkt auf Danzig. Zerstört im Zweiten Weltkrieg, aufgebaut von uns Deutschen nach dem Zweiten Weltkrieg, um uns zu demütigen.«

»Wie wahr«, sagt er.

»Kühl, so ein Schlagring?«, frage ich.

»Tut gut«, sagt er und dreht sich zu mir um. Ich spüre, dass er Angst hat. Er weiß, wozu ich fähig bin. Vor seinen Augen habe ich schon mal einem Hund ins Maul gegriffen und seine Zunge gepackt. Rausreißen wollte ich sie nicht, aber der Köter hatte erstmal verdammte Probleme mit dem Lappen.

Ich lasse den Schlagring ein wenig über Kevins Kopfhaut kratzen.

»Das reicht jetzt«, sagt er laut und packt mein Handgelenk.

»Ist ja schon gut, Kevin. Du scheinst wieder bei Kräften zu sein. Oder täusche ich mich?«

»Laber keinen Scheiß und komm hierher zu mir, damit ich dich im Auge habe.«

Anna lässt sich derweil von mir den Nacken streicheln. Ich biege ihren Kopf ein wenig weg von Kevins. Der merkt davon nichts und sagt zu Anna: »Gib mir.« Damit meint er die Wodkaflasche auf dem Tisch. Das tut sie. Er schraubt die Flasche auf und setzt sie an. Was für ein Stück Dreck er doch ist. Als er die Flasche absetzt, fragt er mich: »Habe ich dir nicht gesagt, du sollst wieder zu uns an den Tisch kommen? Und nicht hinter der Couch rumlungern.«

Ja, das hat er gesagt, aber ich hole aus und schlage ihm, so fest ich kann, mit dem Schlagring auf die Schulter. Es knackst unter meiner Hand. Das muss das Schulterblatt gewesen sein.

Kevin schreit auf.

Vermutlich durchzuckt ihn ein Blitz und nimmt ihm die Luft zum Atmen. Ich beuge mich zu seinem Ohr runter. Jetzt bin ich ganz nah an ihm. Und er ganz nah an der Macht, die ich jetzt bin. »Tut weh. Oder?«, sage ich ruhig.

Ehe Kevin wieder richtig zu Bewusstsein kommt und aufspringen kann, verpasse ich ihm einen weiteren Schlag in den Nacken, sodass er zur Seite rutscht und dann schlage ich wieder auf ihn ein und noch einmal. Ich schlage und schlage und weiß nicht wohin. Er ist größer als ich und stärker als ich, aber ich schlage zu, blind vor Wut. Kevin sackt auf der Couch zusammen, dann kippt er mit blutendem Kopf nach vorne auf den Tisch. Die Wodkaflasche fällt ihm aus der Hand, rollt vom Tisch, und der Wodka ergießt sich auf den Teppich.

Anna schaut Kevin an, dann sieht sie mich an. Es scheint, als würde sie das alles nicht berühren. Als wäre sie eine Waage, die nicht weiß, zu welcher Seite sie sich neigen soll. Sie tippt Kevin gegen die Schulter – mehr nicht. Dann sieht sie mich mit ihren braunen Augen an, als wäre sie völlig unschuldig. Dabei hat sie schuld. Hätte sie sich nicht von ihm so begrapschen lassen, wäre das alles nicht nötig gewesen.

Ich ertrag es einfach nicht, wenn dieser Wichser sie angrabbelt.

Jetzt liegt er da und hat die Augen geschlossen. Der Vorhang ist zu, das Spiel ist aus.

»Das war's«, sage ich zu Anna. »Ruf die anderen an. Die Zeiten haben sich geändert. Ich werde mir nichts mehr von ihm bieten lassen. Seine fünfundsiebzig Euro sind meine fünfundsiebzig Euro. Falls er wieder aufwacht und nach mir sucht, sag ihm, dass er mich jederzeit anrufen kann. Ich bin immer für ihn da.«

Ich hebe Kevins Kopf an und schiebe seinen Oberkörper zurück, damit er nicht so nach vorne gebeugt sitzt und ich das Geld aus seiner Brusttasche nehmen kann. Jetzt sitzt er gerade auf der Couch. Ob er tot ist? Ich fasse ihm ans Handgelenk.

»Und?«, fragt sie.

»Puls hat er noch.«

Dann drücke ich Anna einen Kuss auf den Mund. Sie ist jetzt mein Revier.

Sie mag mächtige Männer und wir gehen ins Bett.

Später ist Kevin immer noch bewusstlos auf der Couch. Die Ostsee auf seiner Glatze ist jetzt blutrot und er wacht ganz sicher so schnell nicht wieder auf. Ich mag den Schlagring als Waffe. Er ist unauffällig und seriös. Ein Messer ist weniger effektiv. Mein Ring hat an der Seite noch einen Zacken, falls es problematisch wird. Damit kann ich dann kurz zustechen. Aber normalerweise brauche ich ihn nicht. Ein Schlag mit dem Metall reicht. Den Zacken habe ich einmal auf einer

Demonstration in Berlin vor zwei Jahren benutzt, als uns ein Schwarm Zecken angegriffen hat. Zudem hast du mit einem Messer deinen Gegner womöglich abgestochen. Das ist nur was für Kaffer. Mit dem Schlagring brichst du ihm einfach die Knochen.

Anna und ich verstehen uns gut.

»Du bist mir lieber als die anderen«, sagt sie zu mir und steckt sich eine Zigarette an. »Ich frage mich, wann Kevin wieder aufwacht.«

»Ich mich nicht«, sage ich. Wir schauen zu ihm hinüber. Er liegt jetzt auf der Couch, den Kopf auf der Lehne, das linke Bein herunterhängend. War das Bein eben schon in der Position?

»Glaubst du, er ist tot?«, fragt sie mich.

»Nein, er hat nur zu viel gesoffen und obendrein noch einen Schlag in den Nacken gekriegt. Das hält erst einmal vor. Der berappelt sich wieder. Weißt du, wie oft der im Ring schon blutig geschlagen wurde?«

Sie sagt, dass er nicht immer so sei, wie er sich mir und den anderen gegenüber gibt. »Manchmal ist er echt noch wie ein Kind.« Dabei drückt sie ihre Zigarette im Ascher aus, der zwischen ihren Brüsten ruht. »Ich will ihn nicht hier haben, wenn er aufwacht.«

Das kann ich verstehen. Ich möchte auch nicht vor Ort sein, wenn er wieder zu sich kommt. Also ziehen wir uns beide an und gehen weg.

17. DER GERUCH DER MACHT

Draußen ist es noch hell und wieder so lau, wie sonst nur im Hochsommer. Köln ist eben wirklich das Kalkutta am Rhein, eine sumpfige, immerfeuchte und verkommene Stadt. Das kannst du nicht mit München oder Berlin vergleichen. Hier wächst alles, was nicht wachsen soll.

»Ich will nach Indien. Da muss es die Ur-Arier geben«, sage ich zu Anna. Ihr Grübchen lächelt und ihr Mund küsst mich. Anna hat die längsten Beine der Welt und sie läuft auf Pumps, als würde sie im Leben nichts anderes tun. Sie ist mit diesen High Heels genau so groß wie ich.

Wir schlendern am Ring entlang – Hand in Hand. Das haben wir noch nie getan. Ich lege meinen Arm um sie, als wären wir ein Paar. Mir geht es gut, auch wenn ich ein bisschen müde bin. Das Tapeteabkratzen und Möbelrücken war anstrengend. Das ist das Gute als Türsteher und beim Objektschutz: Du musst nicht richtig arbeiten. Du stehst rum und passt auf. Und wenn es drauf ankommt, dann hast du so viel Adrenalin im Blut, dass du einfach zuschlägst. Das ist keine Arbeit. Ich habe mal am Rhein Kähne entladen. Das war wirklich Arbeit.

Alexander hat mir eine WhatsApp geschrieben. Er fragt: *Alles okay bei dir?*

Was für eine bescheuerte Frage. Ich schreib nicht zurück. Er hat ja gesehen, dass ich seine Nachricht gelesen habe. Also weiß er, dass es mir gut geht, sonst könnte ich kein Handy mehr in der Hand halten und mir dämliche Sätze von ihm durchlesen.

»Wie ist dieser Erik eigentlich?«, will Anna wissen.

»Woher hast du von dem gehört?«

»Kevin hat die ganze Zeit von ihm geredet. Ist er ein bekannter Politiker?«

Sie kennt sonst nur Putin und mag ihn. Schließlich sorgt er dafür, dass die Russen endlich wieder ungestört auf der Krim Urlaub machen können und sich weltmächtig fühlen.

»Er ist halt schon älter, aber in Ordnung«, antworte ich. »Vermutlich ist er das Beste, was meiner Mutter bis jetzt passiert ist.«

Wieder eine WhatsApp von Alexander: *Du arbeitest jetzt für uns! Finde ich gut! Wir wollten uns ja ohnehin ein Standbein in Köln verschaffen.*

Das mit dem Standbein und dem Investieren nervt. Er sollte mal ein bisschen deutlicher werden. Anscheinend hat er mit Erik gesprochen.

Ich schreibe: *Wer mich bezahlt, für den arbeite ich.*

Anna will wissen: »War die WhatsApp wieder von diesem Wiener, diesem Alexander?« Sie legt sich das Haar zur Seite wie ein Model.

Ich beantworte ihre Frage nicht, sondern frage zurück: »Hast du meinen Kameraden eben geschrieben, was los ist?«

»Natürlich. Ich habe ihnen geschrieben, dass du jetzt den Chef spielst.«

»Aber in deiner Schere ist keiner der Chef. Stimmt's? Das denkst du doch.«

»Ich weiß nicht«, sagt sie. »Ist das so wichtig, wer Chef ist? Ich denke, es geht dir und Kevin, Max, Schädel und Fritz nur um die Sache.«

»Das ist auch so. Aber es braucht einen Chef. Und du glaubst wahrscheinlich, du bist unsere kleine Zschäpe.«

»Sehe ich so scheiße aus wie diese Nazinutte?«

Natürlich nicht. Ich weiß nicht, warum sich die NSU-Typen nicht eine andere Matratze zugelegt haben. »Vielleicht hat die Zschäpe ja eine magische Box.«

Anna schweigt. Ich spüre, dass ihr meine Bemerkung zu blöd ist.

Frauen sind manchmal feinfühlig und ich ein grober Klotz. Frauen lästern zwar gerne übereinander, aber wenn es mal richtig ehrlich und grob wird, dann ist ihnen das auch nicht recht.

»Lass uns zu Cyrus gehen«, schlage ich vor.

»Überschätz dich nicht«, warnt mich Anna. Ob sie wohl schon mal was mit Cyrus hatte? Glaube nicht. Sie mag keine Ausländer und schon gar keine aufgepumpten Perser. Sie hat mir mal gesagt, dass sie dunkle Haut und Araberhaut ekelhaft findet. Ich nehme sie in den Arm, beuge mich zu ihr runter und drücke ihr einen Kuss auf den Mund, damit sie still ist.

»Weißt du, was ich an Kevin widerlich finde?«, sage ich.

»Was denn?«

»Die Nähe. Er kommt immer ganz nah und …«

»Das ist seine Masche. Er kommt dir ganz nah und dadurch kannst du seine Gewalt riechen und spüren. Ganz einfache Methode.«

Darüber habe ich noch nie nachgedacht. Aber es stimmt. Die Nähe seiner Macht lässt ihn nur noch mächtiger werden. Anna denkt über solche Dinge nach. Sie ist eine gute Beraterin.

Kevins Schwager steht an seinem Wagen, als wir am Taxistand vorbeikommen.

»Habt ihr Kevin gesehen?«, fragt er.

»Klar«, sage ich. »Gerade eben noch.«

»Ist er in Ordnung? Er geht nicht ans Handy.«

»Er muss sich ausruhen«, sagt Anna und kichert.

Der Schwager ist ein bisschen verwirrt.

Ich erkläre ihm: »Bestimmt hat er sein Handy ausgeschaltet, um Ruhe zu haben.«

Wir laufen weiter und lachen über Schwager Benni. Ich weiß nicht genau, warum, aber wir sind gut drauf, und ich fühle mich voller Energie.

18. EIN ZERSTÖRTER HUMIDOR

Es ist halb zehn abends und im Klub ist um diese Uhrzeit an einem Montag noch nichts los. Anna bleibt am Tresen sitzen und lässt sich von Santos anbaggern. Ich will nicht, dass sie mit dabei ist, denn gleich könnte es unschön werden. Warum baggert Santos sie überhaupt an? Hat er noch nicht begriffen, dass sie eine Frau ist?

Als ich ins Büro komme, sitzt Cyrus hinter seinem Schreibtisch. Schickes Hemd, das Jackett hat er über die Lehne seines Stuhls gehängt.

Er lächelt, steht auf, kommt um den Tisch und reicht mir die Hand. »Was führt dich zu mir? Habe eben mit ...«

» ... Kevin geredet«, unterbreche ich ihn und setze mich nicht an seinen Schreibtisch, sondern auf einen der beiden Sessel mit dem Tischchen. »Das weiß ich. Und ich weiß auch, dass du weißt, dass ich euer Gespräch mitgehört habe. Ich war ja dabei. Du hattest mir bei unserem letzten Treffen 75 Euro für ihn mitgegeben. Zu wenig. Und was ist eigentlich mit dem Geld für die anderen? Kevin meinte, da fehlt noch mehr.«

Auf dem Tisch vor mir stehen ein Aschenbecher und irgend so eine Box mit durchsichtigem Deckel. Darin sind Cohibas, also kubanische Zigarren – bestimmt nicht billig.

»Wie heißt dieses Ding noch mal?«, frage ich und deute auf die Box.

»Humidor«, sagt Cyrus.

»Homodor?«, wiederhole ich absichtlich falsch. »Klingt irgendwie schwul, oder?«

Cyrus lacht, obwohl ich weiß, dass er solche Kommentare nicht mag. Perser und schwul geht gar nicht. Aber bei ihm geht so vieles nicht. Er ist auch der einzige Perser, den ich kenne, der regelmäßig auf die Sonnenbank geht. Aber in einem ist er hunderpro Perser: Er ist immer sofort beleidigt, wenn er das Wort *schwul* hört. Da reagieren alle Kaffer gleich allergisch – genau wie Russen, Türken und Araber.

Ich öffne den Humidor und nehme eine Cohiba heraus, rieche daran. Eigentlich mag ich keine Zigarren. »In so einem Homodor bleiben auch deine Eier länger feucht. Stimmt's, mein Lieber?«

Cyrus ist nervös. Vermutlich hat er nicht mit mir gerechnet. Und ganz sicher weiß er nicht, was ich von ihm will. Für ihn bin ich nur Kevins rechte Hand. Allerdings ist ihm auch klar, dass ich Karate kann und mich gerne mal schlage. Und Cyrus mag eines gar nicht: Gewalt. Er lässt das alles von Leuten wie Kevin und mir regeln. Er sieht zwar aus wie eine Dampframme, aber …

Es klopft. Anna tritt ein. Hatte ich ihr nicht gesagt, sie soll draußen warten? Egal. Ich winke sie gleich zu mir. Sie setzt sich auf die andere Seite des Tischchens. Gemeinsam schauen wir jetzt hinüber zu Cyrus hinter seinem Schreibtisch. Direkt davor gibt es einen Stuhl, auf dem alle Leute, die irgendwas von ihm wollen, Platz nehmen sollen. Das ist die Regel und die durchbrechen wir gerade.

»Was willst du, Felix? Du weißt, ich habe nicht viel Zeit.«

Ich nehme den Ascher und schlage damit auf den Humidor ein. Es macht knacks, Glas und Holz splittern, und ich merke die Energie, die in mich strömt.

Ehe Cyrus etwas tun kann, bin ich schon aufgestanden. Er steht ebenfalls und wir sehen uns über den Schreibtisch hinweg an.

Ich schreie los: »Wenn du jetzt irgendwas machst, zertrümmere ich dir ...«

Er hat meinen Schlagring längst gesehen und hat Respekt davor. »Hey, hey! Was soll das?«, sagt er und bewegt die Hände nach unten, als wolle er mich beruhigen.

Oder hat er eine Waffe unter dem Schreibtisch? Oder in der Schublade?

»Ganz cool, mein Lieber«, meint er. »Es gibt keinen Grund für Stress. Wir machen Geschäfte und Geschäfte lassen sich regeln.«

»Das stimmt. Nur die Zeiten haben sich geändert«, sage ich. »Ab jetzt wirst du mehr zahlen und die Geschäfte laufen nun über mich. Sonst beschützen wir deinen Laden nicht mehr.«

»Soll das etwa eine Drohung sein?« Seine Hände haben jetzt die obere Kante des Schreibtischs erreicht.

»Leg deine Hände auf den Schreibtisch.«

Er tut, was ich ihm sage, und ich bleibe ruhig und spreche ganz langsam. »Das ist dir überlassen. Ohne uns brauchst du neue Türsteher und stell dir vor, es würde jemand hier im Büro mal richtig aufräumen.«

Cyrus glaubt meiner Drohung nicht wirklich und zieht die Hände vom Schreibtisch. Er ist überheblich. Scheiß Kaffer! Ich schlage auf den Tisch. Der Schlagring macht fette Kerben in das polierte Holz.

»Bist du bescheuert?!«, schreit er los.

»Nicht mehr als du, wenn du dich nicht wieder hinsetzt und mir zuhörst. Ab jetzt redest du nur noch mit mir. Kevin ist raus aus dem Spiel.«

»Was meint denn Kevin dazu?«

Ich greife blitzschnell über den Tisch und packe ihn am Hemd, drehe es ein wenig und ziehe sein Gesicht nah an meines. Das ist verdammt schwierig, denn Cyrus ist schwer. »Du hast gleich auch eine Kerbe im Gesicht, wenn du nicht tust, was ich dir sage.« Ich merke, dass er Angst hat und merke, dass ich auch Angst habe.

Doch er setzt sich brav auf seinen Stuhl und ich sage ihm, wie es von nun an laufen wird.

Es dauert einen Moment, dann hat er sich mit der neuen Situation angefreundet, und ist genauso geschäftlich zu mir wie er es sonst zu Kevin war.

Die Zeiten ändern sich.

19. KÖRPERFRESSER

Anna und ich verlassen den *Nachthimmel.*

Wir gehen noch zum Kaffee beim Residenzkino und sie isst ein Eis. Die Leute flanieren an uns vorbei und die Männer glotzen ständig zu Anna rüber. Eine solche Frau fällt auf. Ich genieße es. Wir plaudern über Cyrus. Sie traut ihm nicht. Perser hätten so etwas Verschlagenes an sich. Da sei ihr jeder Türke lieber. Und als habe er es gehört, ruft jetzt Mo an. Er ist bei seinem neuen Traumjob im Asylantenheim und langweilt sich.

Mo: »Hier ist nichts los. Gar nichts.«

Ich: »Was musst du denn machen?«

Mo: »Ich bewache den Eingang. Die haben das ganze Gelände hier umzäunt. Wenn einer rein will, muss er alles Mögliche ausfüllen. Und ich muss den Scheiß durchschauen und dann noch mal alles in eine Liste eintragen.«

Ich: »Du bewachst also die Araberärsche, bei denen sie die Waffen gefunden haben?«

Mo: »Das war nicht hier. Das war in einem anderen Heim.«

Ich: »Okay. Dann habe ich ein falsches Foto auf dem Netz gesehen.«

Mo: »Sicher ... Du glaubst gar nicht, wie die hier hausen. Wie die Tiere.«

Ich: »Das glaub ich gern. Ich war letztens im Blücherpark, da hängen sie auf den Bänken ab und machen deutsche Mädels an.«

Mo: »Naja.«

Ich: »Und türkische Mädels machen sie auch an.«

Mo: (lacht und sagt amüsiert) »Ich hasse sie, diese Kanaken.«

Ich: »Ich frage mich echt, warum du den Job angenommen hast.«

Mo: »Geld. Und weil du ihn nicht wolltest. Was machst du gerade?«

Ich: »Anna kennst du doch?«

Mo: »Die Russin?«

Ich: »Wir sitzen am Ring. Ich trinke und sie isst Eis.«

Mo: »Dir geht es gut. Ich muss rüber zum Container mit den Duschen. Die ganzen Wichser waschen sich da ständig. Die haben hier sogar eine Art Moschee auf dem Hof, direkt neben dem Waschcontainer.«

Ich: »Und eine Kirche?«

Mo: »Ne, keine Kirche.«

Ich: »Aber 'ne Moschee?«

Mo: »Ja, die nennen das nur nicht so. Glaub's mir. Ist ein ganzer Container mit Teppichen und ein paar Betten und ich meine, da ist sogar ein Imam unter den Syrern. Die Flüchtlinge haben einfach einen dabei. Die haben den Container jedenfalls richtig zur Moschee umgebaut.«

Ich: »Das ist doch gar nicht erlaubt.«

Mo: »Die Stadt lässt sich echt von den Asylanten auf der Nase rumtanzen. Die weiß doch gar nichts davon. Von diesen Sozialarbeiterinnen ist doch selbst eine jetzt Moslem.«

Ich: »Kopftuch.«

Mo: »Ne, aber meinst du etwa, die sagt was dagegen, wenn die im Container ihren Teppich am Freitag ausrollen und Moschee machen?«

Ich: »Schon klar. Und die waschen sich direkt daneben?«

Mo: »Das ist doch das Gute für die.«

Ich: »Gehen die nicht in die Moschee an der Venloer?«

Mo: »Aber einige bleiben. Die Sozialarbeiter sagen jedenfalls nix. Fehlt nur noch das Minarett.«

Ich: »Kommt garantiert noch ... Kennst du den Film *Die Körperfresser?*«

Mo: »Weiß nicht.«

Ich: »Da kommen Aliens auf die Erde und übernehmen langsam das ganze Land und alle Leute und die ganze Welt – wie so ein behämmerter Moslemvirus.«

Mo: »Muss ich mir ansehen.«

Ich: »Habe ich gestern geguckt. Ich habe mich mal ein bisschen auf den Seiten der Patrioten von Wien umgeschaut. Die haben den Film empfohlen. Die Leute, die von dem Virus befallen werden, sind plötzlich nicht mehr normal. Sie sind wie Maschinen – ohne Gefühle, ganz kalt. Ist echt gut der Film.«

Mo: »Kenne ich nicht.«

Ich: »In den nächsten Tagen gucke ich mir mal dieses *Fahrenheit 451* an. Muss ein geiler Film sein. 451 Fahrenheit ist genau die Gradzahl, bei der Papier verbrennt. Und die Patrioten sagen, dass die Rechten früher Bücher verbrannt haben und heute die Einzigen sind, die noch lesen. Denn die Kaffer lesen ja keine Bücher, höchstens den Koran.«

Mo: »Fahrenheit?«

Ich: »Ja, wieso?«

Mo: »Was ist denn Fahrenheit?«

Ich: »Die Amis kennen doch keine Gradzahl. Die benutzen Fahrenheit.«

Mo: »Und wie viel Grad sind 451 Grad Fahrenheit?«

Ich: »Was weiß ich? Ich frag mal Anna. Weißt du, wie viel 451 Grad Fahrenheit sind?«

Anna: »Etwa die Hälfte, also 250 Grad Celsius oder so.«

Ich: »Du bist schlauer, als ich gedacht habe.« (Ich drücke ihr einen Kuss auf die kalten Lippen. Er schmeckt nach After Eight-Eis.)

Ich wieder zu Mo: »Hast du gehört?«

Mo: »Klar. Und warum soll ich mir den Film angucken?«

Ich: »Weil du mich magst, du Schwuchtel. Und weil du einer von uns bist.«

Mo: »Ich muss meinen Gang machen.«

Ich knipse das Handy aus. Anna lutscht gerade den Löffel sauber. Die grüne Minzsoße klebt noch unten in der Becherspitze. Anna zieht sie durch den Strohhalm geräuschvoll hoch. Wir lachen. Ich küsse sie wieder. Der Abend ist so milde, unendlich lang und lustig wie lange nicht mehr. Anna redet jetzt von Kevin. Sofort kribbelt es in meinem Bauch. Ich wollte Anna schon die ganze Zeit für mich und habe es nie ertragen, dass sie Kevin dazwischen hatte. Wie kann man so einen Typen überhaupt freiwillig zu sich ins Bett lassen? Ich weiß auch nicht, warum ich auf Kevin gerade so allergisch reagiere. Ich könnte mich ja auch darüber aufregen, wenn sie mit irgendjemand anderem ins Bett geht, aber ...

Wir stehen auf und ich zahle. Mein Arm ruht auf ihrer Schulter. Ich spüre ihre Knochen unter der feinen Strickjacke.

»Kann ich ab morgen vielleicht für ein paar Tage bei dir wohnen?«, frage ich sie.

Anna schaut mich kritisch an: »Wie stellst du dir das vor? Soll ich Kevin und die anderen ...?« Sie zeigt mit der Hand so, als ob sie einen Hund verscheuchen möchte.

»Weiß nicht«, sage ich. »Ich glaube ...«

» ... du solltest dich nicht in mich verlieben«, erklärt sie und drückt mir einen Kuss auf den Mund. Der Lippenstift ist kussfest und trotzdem schmecke ich ihn. Wir bleiben stehen und küssen uns intensiv. Sie sagt, dass sie es sehr schmeichelhaft findet, falls ich mehr als nur Sex mit ihr will, aber sie habe schon eine Ehe hinter sich.

Es geht dabei um einen Russen. Sie hatte ihn in Panik geheiratet, weil sie von ihm ein Kind erwartet hatte, und auf keinen Fall ohne Mann ein Kind großziehen wollte. Ihre Eltern wohnen in Idar-Oberstein und sie war damals gerade mal achtzehn. Aber dann war ihr Kind bei der Geburt gestorben und die Ehe sinnlos wie das Leben.

Ich kenne die Geschichte, jeder von uns kennt die Geschichte. Jeder von uns weiß auch, dass den Russlanddeutschen wie Annas Eltern und Großeltern schändlich von den

Russen mitgespielt wurde. Sie hatten gegen die Deutschen im Zweiten Weltkrieg gekämpft und dafür wurden sie von Stalin von der Wolga nach Sibirien, nach Kirgisien, Kasachstan und Usbekistan verschleppt. Erst durch Helmut Kohl durften sie wieder zurück in die Heimat.

Das hat mir Anna alles erzählt. Deutschland war und ist ihre Heimat, ist unser aller Heimat. Ohne die deutschen Handwerker, die unter Katharina nach Russland ausgewandert sind, würden die Russen heute noch auf den Bäumen hocken. Ich spüre mit der Hand Annas Rippen. Sie heben und senken sich mit jedem Atemzug. Ich will bei ihr sein und sie heute nicht mehr allein lassen. Alles läuft so gut. Ich brauche sie.

»Ich will keine feste Beziehung mehr und ich möchte auch kein Kind«, sagt sie kalt. »Jedenfalls jetzt noch nicht.«

»Das habe ich doch gar nicht gemeint. Ich würde nur gerne für ein paar Tage zu dir ziehen, weil ich mir sowieso was Neues suchen muss. Wenn meine Mutter mit diesem Tagesmutterkram anfängt, rennen ständig Kinder bei uns in der Bude rum. Wie soll ich da noch schlafen und mich konzentrieren?«

»Konzentrieren?«

»Ja, schließlich brauch ich auch mal meine Ruhe.«

»Es ist mir unlieb. Du kannst gerne mal für zwei oder drei Tage bei mir sein. Das hat Kevin auch schon gemacht. Aber dann ist Schluss. Sonst muss ich mir nachher noch Geschirr anschaffen. Irgendwann komme ich mir dann vor wie bei meinen eigenen Eltern.«

»Russlanddeutsche sind spießig.«

»Worauf du deinen Hintern verwetten kannst«, sagt sie und klopft mir auf den Po. »Zudem habe ich ab und an Männerbesuch, wie du weißt.« Sie lächelt und die Leuchtreklame vom Residenzkino spiegelt sich auf ihrem Gesicht und macht sie zu einer Schönheit in einem Hollywoodfilm – mit Piercing.

Sie ruft bei Kevin an. Der scheint zu leben, jedenfalls geht er ans Handy und redet mit ihr. Sie sagt ihm, dass sie heute Nacht gerne alleine sein möchte. Die Sache in der Wohnung auf ihrer Couch sei ihr eine Ecke zu hart gewesen. Sie hoffe, dass das Sofa nicht blutig sei. Offenkundig fragt Kevin sie nun, ob sie wisse, wo ich sei. Denn sie antwortet ins Handy: »Er steht neben mir. Willst du ihn sprechen?«

Das will er anscheinend nicht, sondern will wissen, ob ich bei ihr schlafen werde.

»Ja«, sagt sie. »Entschuldige, dass ich dich gerade belogen habe. Ich will nicht die Wohnung für mich, sondern für Felix und mich – zumindest für ein paar Tage.«

Ich kenne keinen Menschen wie Anna. Sie sagt dir die Wahrheit ins Gesicht und du akzeptierst sie. Bei jedem anderen wäre Kevin jetzt ausgerastet und hätte die Wohnung zertrümmert. Aber nicht bei Anna.

Als wir zwei Stunden später zu ihr kommen, ist er tatsächlich weg. Ich hatte extra schon meinen Schlagring angesteckt und mich hinter Anna gestellt.

Nur ein Blutfleck ist noch Zeuge von dem Machtwechsel, der sich abgespielt hatte.

20. BETRIEBSAUSFLUG

Es ist Samstagabend. Keiner von meinen Kameraden steht heute an der Tür vom *Nachthimmel,* denn wir machen so was wie einen Betriebsausflug. Wir haben uns im Cologne-Fight-Club zu einem MMA verabredet. Es ist die Königin unter den Martial Art-Kämpfen. Du kannst schlagen, treten, boxen, brauchst Taekwondo und Karate und alles, was du irgendwie an Kampfkunst drauf hast.

Ich habe Karten für sechs Plätze vorne am Käfig vorbestellt. Das hat mich knapp 450 Euro gekostet. Alle sind gekommen: Schädel, Max, Fritz, und sogar Kevin, obwohl der zurzeit schlecht auf mich zu sprechen ist.

Aber alle unterliegen der Macht. Meiner Macht!

Du musst nur sagen, wo es langgeht – und schon laufen sie dir nach. Denn sie alle suchen eine Richtung und ich gebe ihnen die Richtung vor. Erik hatte recht: Der Wille zur Macht ist der einzige Wille, der zählt. Es ist ein natürlicher Trieb des Menschen. Führer wie Hitler oder Stalin haben einen solchen Willen besessen.

Ich habe gar nicht viel in den vergangen zwei Wochen tun

müssen, um sie hinter mir zu vereinen. Sie sind da, weil sie die Macht spüren und weil sie gut bei mir verdienen. Sogar Cyrus zahlt jetzt mehr pro Schicht. Er hatte übrigens versucht, Kevin gegen mich aufzuhetzen. Woraufhin ich Fritz und Max zu ihm geschickt habe. Die beiden haben ihm dann den kleinen Finger seiner linken Hand in die Schublade geklemmt und zugestoßen.

In den Käfig steigen zwei Fighter: Ivan Kalnik und Sebastian Stohr. Typen, die von oben bis unten tätowiert sind. Kevin findet den Tiger auf dem Rücken von Kalnik richtig fett.

Alexander schreibt mir (ausgerechnet jetzt): *Bin in Köln. Hast du Zeit?*

Ich: *No.*

Er: *Wo bist du?*

Ich: *MMA*

Er: *Herakles und Theseus,* schreibt er mir.

Ich: *Was?*

Er: *Die alten Griechen nannten es Pankration. Herakles und Theseus wollten wissen, wer der wirkliche Champ der Champions ist. Der wahre olympische Sieger.*

Ich: *Respekt, du kleiner Klugscheißer.*

Er: *Wikipedia lesen, dabei gewesen.*

Schädel will wissen, mit wem ich schreibe. Er muss schreien, denn es läuft Hardrockmusik.

Ich schreie zurück: »Mit Alexander! Er ist in Köln!«

»Was will er?«

» Mich! Aber ich bin hier und will nicht weg.« Ich halte die Hand hoch und Schädel schlägt ein.

Alexander schreibt: *Kann ich dich später sehen? Wir wollten doch ein bisschen in Köln investieren!*

Ich: *Ja. Melde dich doch nachher noch mal.*

Er: *Okay!*

Ich wüsste nicht, in was die Wiener Patrioten in Köln investieren könnten. Oder ob Alexander mit dem Geld selbst investieren möchte?

Der Kampf zwischen Mr Unbekannt und Mr Unbekannt wird eingeläutet. Die Rockmusik weicht den Schreien der Zuschauer. Wenn wir uns sonst Kämpfe angeschaut haben, dann war ich voll mit dabei. Jetzt sind meine Gedanken weit weg und nicht bei den Kämpfern im Käfig. Ich schlage nicht mit, sondern kreise irgendwie weit über den Leuten. Vermutlich ist das eine normale Reaktion, wenn du eine Führungsposition übernommen hast. Schließlich darfst du dich nicht einfach gehen lassen, denn du hast Verantwortung, musst darauf aufpassen, dass dir keiner deinen Rang streitig macht und gleichzeitig musst du dich um alle kümmern.

Kevin sitzt neben mir. Er schreit und schreit, als würde er die beiden Typen im Käfig persönlich schlagen. »Hey, was soll die Scheiße!?«, ruft er plötzlich seitlich nach hinten. Da sitzt ein Türke oder so. Irgendwas hat Kevin an ihm missfallen. Er springt über die Sitzlehne in die zweite Reihe und stürzt sich auf den Typen. Ich weiß nicht warum. Ich weiß nur, dass der Türke völlig verdutzt blickt, und seine blonde Freundin augenblicklich losschreit wie eine Sirene.

Kevin schlägt schon auf den Türken ein, der unter ihm verschwindet und sich windet. Und so was will Zuhälter sein?

Die Freundin hält sich die Hände vor die Augen und schreit weiter. Ich kann kaum etwas erkennen. Nun sind mehrere in der Reihe hinter uns aufgestanden und schlagen sich wie Gangsterrapper Kollegah. Ich streife meinen Schlagring über und mische mich mit meinen Kameraden ein. Damit haben die Kanaken nicht gerechnet. Die beiden im Ring hören auf zu kämpfen, aber wir nicht. Wir sind high. Dann spüre ich einen Schlag gegen den Hinterkopf und mir wird schwarz vor Augen. Wenige Sekunden später komme ich zwischen den Sitzreihen zu mir und fast explodiert mir der Kopf.

»Wir müssen hier raus!«, schreit Schädel mich an. Er hat stahlblaue Augen, ist hager, und sein Haar ist so kurz wie sein Verstand. Aber Schädel ist aggressiv wie ein Kampfhund und er hat einen Schädel wie ein Kastenbrot – sonst würde er diesen Spitznamen ja nicht tragen. Er hilft mir auf. Meine Birne brummt und wir gehen raus aus dem Saal. Draußen ist alles in Blaulicht getränkt.

»Da sind schon die Bullen!« Schädel ist ganz aufgeregt. Schließlich sucht ihn die Polizei, weil er sich nicht bei seinem Bewährungshelfer gemeldet hat.

Auch die Kanakentruppe kommt jetzt raus und von hinten spricht mich Anna an: »Alles okay?«, fragt sie. »Du blutest ja am Kopf.« Jetzt fasse ich mir an den Schädel und spüre den glibberigen Saft an meinen Fingern. »Verdammt. Das sifft immer gleich so. Was machst du eigentlich hier?«, will ich von ihr wissen.

»Ich wollte euch nur abholen«, sagt sie.

Ich bin verwirrt. »Du uns abholen? Warum?«

Kevin, Schädel und unsere Kameraden sind genauso verdutzt. Abholen? So etwas hat Anna noch nie getan. Sie tupft mit einem Taschentuch meine Wunde ab.

»Schon gut«, sage ich. »Ich habe sieben Liter Blut. Das muss reichen.«

Dann gebe ich ihr einen Kuss und bedanke mich bei ihr.

Kevin schaut zu uns rüber. Ich glaube, er ist überhaupt nicht eifersüchtig. Er hat die Sache mit Anna und mir einfach akzeptiert. Schon cool. Aber ich schicke Anna wieder weg, schließlich will ich heute was mit meinen Kameraden unternehmen.

21. KAMPFESLAUNE

Erst eine halbe Stunde später flüstert mir Kevin ins Ohr, dass Anna in mich verknallt ist.

»Willst du mich verarschen?«

Er zuckt mit den Schultern.

»Woher weißt du das überhaupt«, bohre ich nach. »Triffst du dich mit ihr?«

»Verboten, oder was?«

»Wo trefft ihr euch denn?«, will ich wissen.

»Na, bestimmt nicht bei Anna. Da bist du ja wie so ein Wachhund.«

Ich hebe kurz die Faust, als wollte ich ihn ins Gesicht schlagen. Er zuckt zurück. Das hätte er vor ein paar Wochen noch nicht getan. Ich habe den Willen zur Macht und ich bin die Macht.

Wir haben Wodka und Bier am Kiosk gekauft. Köln schläft selten. Jedenfalls nicht am Wochenende. Kevin sagt, dass er sich den Kampf zwischen diesem Russen und dem Albaner etwas heftiger gewünscht hätte. Aber der Abend habe ja schon mal gut angefangen.

»Was hatte dir dieser Türke eigentlich getan?«, will ich wissen.

»Nichts.« Dabei lacht er. »Aber er hatte so eine Fresse, da musste ich reinschlagen.«

Er hält die Faust hoch und ich schlage dagegen. Es schmerzt kurz und wir trinken wieder aus der Flasche Wodka.

Am Ring sind überall Neger und Asylanten unterwegs. Gerade haben wir drei Asylanten überholt. Das waren garantiert Asylanten. Jeans und Hemd und diese dünnen Araberbeine.

Max fand den Albaner gut. »Der Typ war verschlagen. Ich finde, Albaner sind gute Kämpfer.« Max selbst ist kein guter Kämpfer. Er ist der Älteste von uns, knapp über dreißig, und manchmal denke ich, er ist müde. Das bleibt auch nicht aus: Er hat schließlich als Einziger was gelernt und muss deshalb jeden Tag in der Schreinerei arbeiten. Was für ein Dreck. Ich habe ihm schon gesagt, er soll sich den Daumen absäbeln und auf Frührentner machen.

Kevin sieht das mit dem Albaner anders, schlägt Max gegen den Oberarm und nimmt zum Spaß seine Hände als Deckung hoch. »Los, hau zu, hau!«

Max lacht und trinkt Kölsch aus der Flasche. Er trinkt nicht mal mehr Wodka.

»Trau dich, du Schwuchtel«, provoziert ihn Kevin zum Spaß und wirbelt mit seinen Fäusten vor seinem Gesicht.

Da schlägt Max die Bierflasche am Laternenmast kaputt.

»Hey, kannst du nicht aufpassen!«, schreit Schädel ihn an, woraufhin Max mit der abgebrochenen Bierflasche auf ihn zugeht. Die Leute, die an uns vorbeilaufen, machen einen Bogen um uns.

»Los, machen wir ihn fertig!«, ruft Kevin Schädel zu, der seine Jacke ausgezogen und sie um seinen Arm gewickelt hat. Max hält den abgebrochenen scharfen Hals der Bierflasche in der Hand und sticht nach Schädel, sticht in seine Jacke.

»Hey, pass auf. Die geht kaputt!«, schreit dieser und mit einem Satz springt Kevin auf Max' Rücken. Der dreht sich um und Kevin schreit auf und krümmt sich. »Verdammte Scheiße!«

»Ich hab dich doch gar nicht mit der Flasche erwischt!«, schreit Max. »Was ist, du Wichser?«

Kevin ist in sich zusammengesackt und schreit nur: »Halt die Fresse.« Er greift sich an die Seite. Die Wunde über seiner Hüfte schmerzt ihn scheinbar unglaublich. Vielleicht ist sie ja noch mal aufgerissen.

Max ist in Kampfeslaune und will den geschwächten Kevin nun umstoßen.

Doch das lasse ich nicht zu. Ich packe seine Hand von hinten und sage ihm ruhig ins Ohr: »Hör auf mit dem Scheiß, sonst breche ich dir den Arm. Lass diese verfickte Flasche fallen!«

Das tut er. Es klirrt, die Leute um uns herum starren uns nervös an.

Ich lasse Max los. »Mach jetzt keinen Scheiß mehr«, sage ich ihm.

Und er klopft Kevin auf die Schulter. »Hey, nichts für ungut. War nur ein Scherz.«

Kevin sagt nichts dazu, sondern hält sich immer noch die Seite. Die Schläge, die ich ihm auf der Couch versetzt habe, waren vermutlich sein Ende. Er tut mir ein bisschen leid. Vom Macker zum Verkacker in wenigen Tagen – das ist ein bitteres Ende für den Gorilla.

Nach noch einer Flasche Wodka, die wir schnell im Kreis weg, saufen, torkeln wir über den Bürgersteig. Die anderen Leute sind rausgeputzt. Keiner von ihnen kreuzt unsere Bahn. Alle halten einen Sicherheitsabstand. Eine Frau in unserem Alter jedoch – der Rock ist extrem kurz und ihr blondgefärbtes Haar extrem lang – stößt versehentlich gegen Schädel, weil er plötzlich einen Schritt nach links gemacht hat.

Er sagt: »Hübsch bist du.«

Ihr Freund, der sich zwei Schritte von ihr entfernt die Nase putzt, schaut leicht panisch. Mit seinen gekräuselten Haaren und der weißen Haut sieht er wie ein Engländer aus einem Harry Potter-Film aus. Fehlt nur noch der Zauberstab. Dafür trägt er Hipsterbart. Ganz sicher geht er dafür zum Frisör. Ich hasse diese Hipster. Sie sind systemtreu wie Hunde. Und tragen die gleichen Bärte wie irgendwelche Moslems. Er steckt jetzt das Taschentuch weg. Will der etwa seiner Freundin helfen?

Die versucht derweil, an Schädel vorbeizukommen. Aber Schädel lässt sie nicht. Sie passt genau in sein Beuteschema. Sie ist klein, zart und hat eine Stupsnase. Schädel dagegen ist nicht der Hübscheste. Selbst Anna lässt ihn nicht zu sich ins Bett – und da ist er der Einzige. Denn normalerweise findet sie an jedem Menschen etwas Schönes, aber bei Schädel war die Suche wohl erfolglos.

Schädel bedrängt die junge Frau nun stärker. Er hat getrunken und steht mit der Wodkaflasche direkt vor ihr. Und ihr Freund? Der hat die Fäuste geballt, aber er tut nichts. Dann schaut er zu mir. Intuitiv muss er begriffen haben, dass ich das Sagen habe.

»Keine Sorge«, meine ich zu ihm. »Das ist euer Ding. Deins und ihrs und seins. Wir helfen weder dir, noch ihr, noch unserem Kameraden. Du kannst also ruhig deine Freundin beschützen und Schädel eins in die Fresse hauen.«

Kevin, Max und selbst Schädel lachen über meinen Spruch.

Schädel meint zu dem Lockenkopf: »Na, siehst du. Beschütz sie.«

Da streckt die Frau Schädel mit einem einzigen gezielten Tritt zwischen die Beine in die Knie. Er schreit laut auf und kann sich kaum halten vor Schmerz.

»Verdammte Nutte!«, brüllt er.

Doch die »Nutte« ist schon weg.

Wir stehen um Schädel herum und ich kann mich kaum vor Lachen halten. Dieser Idiot hat sich glatt in die Eier treten lassen wie ein Schuljunge.

22. DER KLUB IST MEIN REVIER

Vor dem Nachthimmel ist die Schlange sicherlich länger als dreißig Meter.

An der Tür steht Simon. Der Name klingt jüdisch, aber Simon ist kein Jude. Er ist äußerlich so ein bisschen wie Ryan Gosling in *The Believer Danny Balant,* wo er einen jüdischen Neonazi spielt. Und nicht wie jener Ryan Gosling, der in *La-la-Land* einen schwul aussehenden Tänzer mimt. Das war ein richtig beschissenes Musical. Ich weiß auch nicht, ob es überhaupt sehenswerte Musicals gibt. Anna hatte den Film auf Blu Ray, sie hat ihn sich wieder und wieder angeschaut. Da brennt die halbe Welt ab und Ryan Gosling steppt in LA durch den Studioregen. Die Amis sind sich für nichts zu schade. Bombardieren die halbe Welt und spielen in Hollywood Friede, Freude, Eierkuchen. Sie haben null Moral.

»Was machst du denn hier?« Ich habe meinen Freund Mo in der Schlange entdeckt. »Musst du heute keine Asylanten beschützen?«

Mo winkt ab. Er ist mit seiner Freundin Sarah unterwegs. Die zwei sind schon seit Langem ein Paar. Sie arbeitet an der Kasse beim Lidl in Köln-Ossendorf. Kein schlechter Laden und sie ist ein nettes Mädchen. Jedenfalls hat sie einen Vater, der bei Ford arbeitet und mir auch schon Nikes für die Hälfte mitgebracht hat. Ich drücke sie, Kuss links, Kuss rechts, sie riecht nach süßem Parfüm. Zu süß für meinen Geschmack.

»Und was macht ihr hier?«, fragt er mich.

»Muss kurz zu Cyrus rein.«

» Dem Chef?«

»Klar, mit wem sollte ich sonst Geschäfte machen?«

»Deshalb kommst du wohl auch nicht mehr zu uns?« Damit meint er den Wachdienst. Tatsächlich bin ich seit Wochen nicht mehr dort gewesen. Schließlich muss ich mich jetzt um meine Kameraden und um Anna kümmern. Ich drücke Mo kurz an meine Brust und will ihm gerade eine Antwort geben, da klingelt mich Alexander an. Er möchte sich mit mir treffen.

Ich sage: »Hab frei! Bin am *Nachthimmel!* Komm doch hierher! Ich muss nur kurz rein und etwas mit dem Besitzer klären. Dann habe ich Zeit.«

Alexander findet die Idee gut. Er habe ohnehin noch was mit mir zu besprechen.

»Und warum steht heute keiner von euch an der Tür?«, will Mo wissen.

»Betriebsausflug – aber jetzt muss ich rein.« Dabei drücke ich seiner Sarah noch einmal einen Kuss auf die Wange. Sie ist echt was fürs Auge.

Wir gehen in den Klub. Ich fühle mich wohl, wie in meinem Revier. Es ist ein gutes Gefühl. Heute ist die Hölle los. Die anderen warten an der Bar und trinken auf Cyrus' Kosten, während Kevin und ich zu Cyrus durchgehen.

Cyrus weiß schon, dass wir kommen. Ganz sicher hat er uns über die Kameras gesehen. Cyrus' Bart ist gestutzt, er schüttelt mir die Hand und will von mir wissen: »Wie läuft's?«

»Wie es läuft? Sag du es mir«, erwidere ich und setze mich wieder an das kleine Tischchen mit den gemütlichen Sesseln. Kevin steht derweil vor Cyrus am Schreibtisch. Genau dort soll er stehen bleiben. Ich habe keine Lust darauf, mich zu ihm zu begeben. Soll doch Kevin das Geld für mich abholen.

Ich sage: »Wir wollen unseren Umschlag. Gib ihn bitte Kevin.«

Mein Gefühl sagt mir, dass Cyrus gleich eine Knarre aus seiner Schublade zieht und uns abknallt. Doch als er jetzt die Lade öffnet, zieht er nur einen Umschlag daraus hervor.

Kevin nimmt den Umschlag und zählt nach: »Fehlen zweihundertfünfundzwanzig.«

»Wieso?«, will Cyrus wissen.

»Unsere alte Rechnung.«

Cyrus gibt ihm noch zwei Fünfziger und fragt: »Okay?«

»Ja, gut«, sagt Kevin. Er steckt die beiden Fünfziger auch in den Umschlag und gibt dann erstmal alles mir, denn Cyrus darf ihn nicht mehr direkt zahlen. Das macht die Sache überschaubarer. Jeder Cent, der von irgendwem verdient wird, gehört erst einmal mir, und dann verteile ich die Scheine gerecht unter meinen Kameraden.

Es klopft und Alexander tritt ein.

»Guten Abend, die Herren«, sagt er. »Störe ich?«

Ich sage: »Nein, nein, komm rein. Wir sind fertig.«

Alexander sieht auf den Umschlag. »Macht ihr Geschäfte?«

»Gute Geschäfte«, bestätige ich.

»Perser sind clevere Geschäftsleute«, erklärt Alexander und nimmt mich in den Arm, dann gibt er Kevin und Cyrus die Hand.

»Ich heiße Alexander. Hab schon einiges über Sie gehört, Herr ...«

»Nenn ihn Cyrus«, sage ich.

Cyrus schaut genervt zu mir rüber. Sein ganzer braun gebrannter Anabolika-Körper hilft ihm jetzt nichts. Er hat keine Chance gegen mich. »Und was machst du?«, fragt er Alexander.

»Bin Patriot«, sagt der. »Aber das sind wir hier ja alle.«

»Überfordere unseren Perser nicht«, sage ich und erwarte einen Spruch von Cyrus, aber der kommt nicht. Stumm hockt er hinter seinem polierten Schreibtisch.

»Alexander ist Jurist«, erkläre ich Cyrus, während Alexander sich mir gegenüber im Sessel niederlässt und eine Zigarre aus dem neuen Humidor nimmt. Er dreht sie zwischen seinen schlanken Finger: »Echt Havanna. Fein. Darf ich?«

»Bedien dich«, sagt Cyrus. Dabei würde er uns am liebsten töten. Vermutlich glaubt er, wir hätten das hier alles vorher schon abgesprochen.

»Was macht ihr eigentlich für Geschäfte?«, will Alexander wissen.

»Security. Meine Kameraden und ich bewachen hier den Laden.«

»Solche Geschäfte mag ich. Da würde ich gerne einsteigen.«

Ich schaue fragend zu Cyrus rüber: »Was meinst du, Cyrus?«

Dessen Miene ist versteinert.

Ich hake nach, um ihn zu provozieren: »Oder läuft die Diskothek schlecht?«

»Könnte besser sein«, sagt Cyrus und beugt sich vor, wobei er die Hände auf den Tisch vor die Tastatur legt.

»Was heißt das?«, will ich wissen.

»Wir hatten im vergangen Monat fast zwanzig Prozent weniger Besucher.«

Ich sage: »Dann könntest du den Klub doch jetzt günstig abstoßen. Was meinst du, Cyrus?«

Der schaut entsetzt. Und ich frage Alexander. »Das wäre doch ein Einstieg oder?«

Der stimmt mir zu. »Uns gehören in Wien auch schon zwei Etablissements.«

»Bordelle?«, frage ich.

»Nein, nein, es wird auch getanzt – so wie hier. Halt nur an Stangen. Und natürlich alles Patriotinnen.«

Wir lachen, nur Cyrus nicht. Ich kann seinen Hass förmlich riechen, wie er jetzt die andere Schublade an seinem Schreibtisch aufzieht und ... da schiebt ihm Kevin mit voller Wucht den Schreibtisch in den Magen. Cyrus dahinter knallt auf seinem Stuhl gegen die Wand. *Womm!* Nun kann er kein

Schubfach mehr aufziehen, um irgendwas heraus zu holen. Hundertfünf Kilo Fleisch eingequetscht zwischen Wand und Schreibtisch.

»Bist du bescheuert?!«, schreit Cyrus Kevin an. Ihm steht Panik in den Augen.

Alexander sagt, dass Patrioten gegen Gewalt sind. »Wir sind eher auf der Linie von Ghandi. Kennst du Ghandi?«

Cyrus schweigt.

»Na gut«, sage ich. »Das Spiel ist jetzt vorbei. Du kannst deinen Laden natürlich behalten. Ich habe keine Lust auf eine Diskothek. Du etwa, Alexander?«

Der schüttelt den Kopf, aber sagt: »Weiß nicht. Ich mag ja eigentlich das Nachtleben. Aber ich glaube, die beiden Läden in Wien reichen uns. Ich würde hier in Köln lieber in ein anderes Geschäft einsteigen. Sonst müsste ich mich ja von dir abziehen lassen.« Dabei hebt er seine Hand und ich schlage lachend ein.

Wir verlassen Cyrus, der immer noch an die Wand gedrückt dasitzt. Und gehen durch den langgezogenen Flur, vorbei an der VIP-Bar, hinein in den Disco-Saal. Alexander brüllt mir ins Ohr, um die Musik zu übertönen: »Der Perser hatte echt Schiss!«

»Gut so«, sage ich und klopfe ihm auf die Schulter.

An der Bar hocken schon Schädel und Max. Ich dränge mich zwischen die beiden und sage zu Santos: »Gib uns was zu trinken!«

»Und was?«, will er wissen.

»Zwei Kölsch.«

Wir stoßen an und Alexander will von mir wissen: »Wie alt bist du eigentlich?«

»Achtzehn«, sage ich.

»Echt?«

Ich scherze: »Stehst wohl nur auf ganz junge Jungs?«

Und dann passiert etwas, mit dem ich nicht gerechnet hätte: Alexander scheuert mir eine. Für eine Sekunde funkeln Sterne vor meinen Augen und es zieht tierisch auf meiner Wange. Verdammte Sau! Am liebsten würde ich zurückschlagen, doch da sagt er schon: »Sowas sagst du nicht mehr zu mir. Dieses Schwulengedisse kann ich nicht ab. Das ist so typisch für Unterschicht und irgendwelche Kanaken.«

Ich reiße mich zusammen, schlag ihn nicht, sondern reiche ihm das zweite Kölsch weiter, das mir Santos auf die Theke gestellt hat.

Jeder meiner Kameraden hat gesehen, was gerade passiert ist. Ich überlege, was ich tun soll.

Alexander redet jetzt irgendwas, aber ich trinke nur mein Kölsch in einem Zug. Dann scheuere ich ihm eine: Patsch! Das hat gesessen und brennt garantiert auf seiner Wange.

»Gut«, sagt er nur und bestellt noch zwei Kölsch.

Wir verstehen uns.

23. JEDER NUR MIT SEINESGLEICHEN

..., denn bei uns darf jeder sagen, was er denkt.

SPD und CDU wollen uns weismachen, dass die Einwanderung so etwas wie ein Naturgesetz sei. Dass keiner etwas dagegen tun kann. Bald würden acht Milliarden Menschen die Welt bevölkern und da sei es nur logisch, dass mehr Menschen unterwegs sind, und dass der Krieg und die Not sie zu uns treiben. Und dass wir die Einwanderer brauchen, weil die Deutschen zu wenig Nachwuchs haben. Was für ein Quatsch! Was bringen uns Einwanderer, wenn sie uns nur auf der Tasche liegen? Und ich will auch nicht, dass sie kommen. Denn ich will einfach, dass wir Deutsche deutsch bleiben.

Die Wahrheit ist nämlich: Der Mensch ist von Natur aus ein Wesen, das unter seinesgleichen leben möchte. Ein Afrikaner ist am liebsten mit Afrikanern zusammen, ein Italiener mit Italienern, ein Türke mit Türken und ein Deutscher mit Deutschen. Das ist die Natur der Völker. Warum gibt es denn sonst Türkenghettos wie in der Keupstraße, wo du als Frau ohne Kopftuch gleich auffällst? Der Trieb, unter seinesgleichen zu sein, existiert schon so lange, wie die Menschheit und die Liebe. Warum wählen sich denn helläugige Menschen am liebsten helläugige Partner? Weil es von Natur aus so bestimmt ist!

Der Mensch will in seinem Revier mit seinesgleichen leben!

Wie tief dieser Drang ist, zeigt folgendes Beispiel: In einem Zug sitzen in einem Sechserabteil drei Männer. Jeder von ihnen hat den Platz neben sich mit Jacke oder Tasche oder Zeitung belegt. Eigentlich ist es ein Sechserabteil und eigentlich hat jeder nur für einen Sitzplatz gezahlt. Nun läuft ein sitzplatzsuchender Fahrgast am Abteil vorbei. Er stockt kurz und sieht, dass alle Plätze in dem eben beschriebenen Sechserabteil belegt sind. Wäre er höflich, würde er jetzt weitergehen; falls aber nicht, schiebt er jetzt die Abteiltür zur Seite und beharrt auf einen Sitzplatz.

Natürlicherweise werden nun die drei Männer im Abteil sich gegenseitig anschauen und dann den Fremden kritisch beäugen, der gerade eintritt. Einer der Dreien wird sein Jackett, die Zeitung oder die Tasche höflich wegräumen, damit sich der Fremde setzen kann. Das machen höfliche Bahnkunden so.

Aber ist das gut so? Ist es gut, wenn jeder ins Revier des anderen eindringen darf?

Nein. Das ist es nicht und jeder weiß es. Und die Menschen, die jetzt zu uns kommen, haben nicht einmal ein Ticket. Das sind Schwarzfahrer!

»Hast du es fertig gelesen?«, fragt mich Erik. »Das werde ich morgen Abend in Pulheim sagen.«

»Und wir werden darauf achten, dass dich keiner dabei stört.«

»Wir sollten übrigens morgen Vormittag noch einmal alles durchgehen.«

Ich nicke und er sagt: »Aber jetzt erzähl mal: Wie gefällt es dir?«

Ich nicke und schweige. Dann sage ich: »Gefällt mir« und lege die beiden Blätter wieder auf den Küchentisch.

Wir hocken gerade in der Küche und Mama ist mit seinem BMW unterwegs zum Aldi. Sie muss jetzt für ihre Tageskinder jeden Tag neue Lebensmittel ranschleppen. Die Wohnung ist unaufgeräumt. Die Spülmaschine läuft; dennoch stapelt sich das Geschirr in der Spüle. Ich habe Mama vor ein paar Tagen zweihundert Euro zugesteckt. Sie ist davon überzeugt, dass ich beim Wachdienst aufgestiegen bin.

Erik knackt mit dem Feuerzeug eine neue Flasche Kölsch und reicht sie mir. Wir trinken.

»Also, du und deine Kameraden, ihr werdet den kompletten Saaldienst in Pulheim übernehmen. Und mit der Steuer haben wir auch schon alles geklärt?«

»Ja, klar. Wir zahlen einfach keine Steuern, sondern meine Kameraden und ich kriegen das Geld bar auf die Hand.«

Wir stoßen mit den Flaschen an.

Ich lege meine Beine auf den Tisch. Erik findet das nicht gut, sagt aber nichts.

Ich frage: »Wie wollt ihr die Kaffer eigentlich wieder zurück in ihre Länder schaffen?«

»Schubsen.«

»Das wird schwierig. Weißt du, wie schwer es ist, jemanden aus einem Klub rauszuschmeißen?«

»Natürlich bedarf es einer Kraftanstrengung.«

»Du redest wie ein Politiker.«

»Ich bin ein Politiker.«

Ich halte die Kölschflasche hoch und warte darauf, dass er wieder anstößt. Und schon klingen die Flaschen.

»Im Ernst. Wie soll das laufen? Den Kaffern geht es doch viel zu gut bei uns.«

»Dann müsst ihr ihnen Feuer unterm Arsch machen«, fordert Erik, und schlägt mit der Faust auf den Tisch, sodass ich zusammenzucke. *»Bumm!* Die Kaffer müssen Schiss kriegen. Du und deine Kameraden, ihr wisst doch, wie man das macht.«

Da kann ich ihm nur recht geben.

»Du solltest endlich offiziell in unsere Partei eintreten«, meint er.

Ich war noch nie in einer Partei. »Als Hitler die Sitzung der Deutschen Arbeiterpartei zum ersten Mal besucht hat, war er entsetzt von der Spießigkeit«, erzähle ich. »Statt die Welt zu verändern, haben sie das Protokoll abgearbeitet.«

»Woher weißt du das?«

» *Mein Kampf.* Hast du das Buch nicht gelesen?«

» Ist schon lange her.«

»Mein Sohn hat es so oft gelesen und gehört, dass er es auswendig kann«, unterbricht uns plötzlich die Stimme meiner Mutter. Mama ist zurück vom Einkauf, steht unversehens im Türrahmen und bittet uns, die Taschen hoch zu tragen.

Erik steht auf und gibt Mama einen Kuss. Ich nehme die Füße vom Tisch und lasse mich von Mama küssen. Sie ist glücklich, obwohl sie müde aussieht.

Erik und ich gehen die Treppen runter und ich reiche ihm vier Aldi-Tüten aus dem Kofferraum. Dann gehe ich weg.

»Willst du nicht helfen?«, fragt er.

»Ich wohne nicht mehr hier«, sage ich. »Das ist jetzt dein Job.«

Er zieht mit den schweren Taschen ab.

Ich beeile mich, zur Haltestelle zu kommen, denn die Bahn biegt gerade um die Ecke. Dann jedoch lasse ich sie fahren und laufe wieder zur Wohnung zurück, klaue aus dem Kofferraum von Eriks Auto eine Flasche Bier aus dem Kasten und laufe Richtung Asylantenheim.

Auf dem Weg dorthin komme ich am jüdischen Gemeindezentrum vorbei. Früher waren hier auch deutsche Juden, jetzt sind es fast nur noch Russen. Sie haben die Gemeinde übernommen. In einem Polizeiwagen sitzen zwei Polizisten und bewachen das Zentrum. Damit keiner diese Juden angreift.

24. EINE BOMBE AN DER RICHTIGEN STELLE

Mo sitzt vorne in der Bude vom Wachdienst hinter einem Fenster. Rechts davon ist ein Fahrzeugtor, links davon der Personeneingang. Mo wirkt wie so ein Kioskheini im Kiosk, nur eben wichtiger in seiner grünen Uniform und mit der grauen Kappe. Er füllt irgendwelche Formulare aus. Ehe er überhaupt zu mir aufsehen kann, schleiche ich mich an der Hütte vorbei und gehe gleich durch den Personeneingang und auf den Hof des Gebäudekomplexes zu.

Mo ruft: »Halt! Halt! Halt! Bleiben Sie ...« Er muss mich durch die offene Seitentür vom Kiosk gesehen haben.

»Nichts Halt«, sage ich und drehe mich um. Jetzt erst erkennt er mich und freut sich. Ich glaube, Mo mag mich wirklich. Ich mag ihn ja auch und kenne ihn fast so lange wie meine Mutter. Nur im Gegensatz zu meiner Mutter kann ich mich auf Mo jederzeit hundertprozentig verlassen. Viel los scheint nicht zu sein, denn außer ein paar Kaffern, die über den Hof laufen, gibt es hier niemanden.

Ich: »Einen Terroristen hältst du so aber nicht davon ab, euer Asylantenheim zu überfallen.«

Er: »Welcher Terrorist will schon ein Asylantenheim überfallen?« Dann fährt er leiser fort, als ob uns hier irgendwer hören könnte: »Die eigentlichen Terroristen wohnen doch hier. Die wollen die Anlage eher vor bösen Nazis schützen.«

Er lacht, ich lache, wir schlagen ein und nehmen uns in den Arm.

Er fragt: »Was machst du überhaupt hier?«

»Dich besuchen. Ist das da vorn die Moschee?« Ich zeige auf den größeren der beiden Container im Hof.

»Genau. Jetzt ist da nichts los. Keine Gebetszeit. Aber nachher brummt die Hütte. Und in dem kleinen Container waschen die sich.«

»Die könnten doch auch einfach ihre Teppiche irgendwo auf dem Flur ausrollen und beten. Ich denke, Muslime brauchen dafür keine Moschee?«

»Könnten. Aber jetzt haben sie sich das hier unter den Nagel gerissen und lassen auch nur Muslime rein.«

»Wahnsinn.«

»Die müssen hier raus.«

»Warum meldest du das eigentlich nicht?«

»Ich? Ich habe keinen Bock, mich mit denen rumzuschlagen. Vielleicht dürfen die das ja sogar.«

»Glaube ich nicht. Stell dir mal vor, du müsstest fünf Mal am Tag zur Kirche gehen und beten, so wie die Moslems auf den Teppich. Schon ’ne Nummer.«

Er sagt: »Weiß nicht. Mein Vater wollte das auch von mir. Ich fand das nicht so spannend. Interessiert dich das?«

»Reine Neugier«, erkläre ich ironisch. »Man muss sich doch für Sitten und Gebräuche der anderen Kulturen interessieren. Schließlich bin ich ein weltoffener und toleranter Kölner.«

Wir gehen in seine bescheidene Hütte. Sie ist nicht viel größer als ein Wohnklo. Immerhin gibt es einen Wasserkocher und einen PC.

»Mein Reich«, sagt er. »Keiner kommt hier rein und raus, ohne dass ich es sehe.«

»Das hab ich ja gerade gemerkt.«

»Ich hatte doch gesehen, dass du es bist. Ich wollte dir nur den Spaß nicht verderben«, behauptet er frech. Dann sieht er an mir vorbei und ruft: »Hallo! Zeigen Sie mir bitte Ihren Ausweis!«

Hinter mir stehen zwei Kaffer – vermutlich Afghanen –, die das Gelände verlassen möchten. Doch die reagieren nicht. »Ausweis!«, wird Mo lauter und stellt sich jetzt in den Türrahmen – direkt neben die Kaffer. Jeder von ihnen ist größer als er. Aber er trägt Uniform und sie nur Pullis. Das macht den entscheidenden Unterschied.

»Also, was ist?«, sagt er fordernd.

»Sie verstehen dich nicht«, sage ich zu ihm.

»Das Wort *Ausweis* ist das Erste, das sie lernen. Sie verstehen mich. Die sind nur renitent.«

Tatsächlich zücken die beiden jetzt ihre Ausweise und zeigen sie Mo.

»Okay. Ihr könnte durch. Aber beim nächsten Mal bleibt ihr direkt stehen, wenn ich was sage. Ist das klar?«

»Klar«, sagt einer von denen. Ich hatte echt gedacht, die verstehen uns nicht.

Die beiden gehen weiter und reden Arabisch miteinander. Wenn sie auch nur ein bisschen Respekt hätten, würden sie untereinander nicht ständig Arabisch labern. Die Deutschen in Amerika reden ja auch Englisch.

»Woher kamen die?«, will ich wissen.

»Irak. Sie sind es nicht gewohnt, dass ich sie auch kontrolliere, wenn sie raus wollen. Normalerweise werden sie nur beim Hereinkommen gefragt. Das hat sie gerade verdammt nervös gemacht.«

»Ziehst du sie auch ab?«

»Selten«, erklärt er. »Die beiden würden sich garantiert bei der Lagerleitung beschweren. Aber nicht alle von denen haben so eine große Schnauze.«

»Guuuut«, sage ich und schlage bei ihm ein.

Mo ist ein ganz schön harter Hund, wenn es darauf ankommt. Obwohl er immer wie der nette Türke von nebenan wirkt. Das liegt an seinen freundlichen schwarzen Augen und diesem ewig lächelnden Gesicht. Aber das täuscht alles: In der Schule hat er ständig zwei Typen abgezogen. Sie haben brav ihre Miete bei ihm gezahlt. Irgendwelche hilflosen Spackos aus der Klasse unter uns waren das. Später hat er sogar die Leute vom Gymnasium abgepasst und sich was geben lassen.

Wir gehen auf den Hof. Darauf stehen zwei Pavillons. Ansonsten ist er umgeben von vierstöckigen Gebäuden. Schon von hier aus ist zu erkennen, dass die Leute darin Etagenbetten haben. Einige der Fenster sind mit Kartons vollgestellt. Das sieht alles aus wie ausgeschissen. Aber vermutlich kommen die meisten ohnehin aus Erdlöchern.

»So ein Gesocks«, sage ich laut und spucke auf den Boden.

»Hey, hey.« Mo hält mich am Arm. »Beruhig dich. Sonst gibt es Ärger.«

»Hier ist doch keiner.«

»Die Wände haben Ohren«, sagt er.

»Und ich eine 08.«

»Echt?«

»Ja. Die Pistole liegt bei Anna. Ich glaube, wir sollten wirklich mal was gegen diese Kaffer tun.«

»Nenn sie nicht immer ›Kaffer‹.«

»Und dazu brauche ich dich«, ignoriere ich seinen Einwurf.

Mo schweigt.

Er ist zwar fast einer von uns, aber ... »Bist ein Schisser«, sage ich.

Wir laufen zurück in sein Kabuff und schließen die Tür hinter uns. Jetzt können wir nur noch durch das Schalterfenster nach vorn hinausschauen. Das Licht von der Laterne dringt gelblich in den kleinen Raum. Fast wirkt es wie in einem dieser Nazifilme, wenn so ein Blockwart ein KZ überwacht. Lager ist halt Lager.

»Ich brauche dich«, sage ich und lege meine rechte Hand auf seine Schulter. »Du bist mein Freund und sitzt genau an der richtigen Stelle.«

Er fragt, ob ich einen Tee möchte. Ich antworte nicht, stehe auf, und sage dann ruhig: »Ich muss gehen.«

Er fasst mich am Arm. »Sei nicht sauer, Felix.«

»Bin ich nicht, denn du bist ein Türke. Was hätte ich schon anderes von dir erwarten sollen? Wenn es drauf ankommt, hältst du natürlich zu diesen Kaffern ...«

Jetzt reagiert er wütend und sagt, ich solle besser still sein. »Du kennst mich schon lange genug, um zu wissen, was ich denke.«

»Weißt du, was ich glaube? Du hast keine Eier im Sack, sondern Kümmel.«

Zwei Minuten später habe ich Tee in der Tasse und er fragt mich: »Was sollen wir denn tun, um die Leute hier zu vertreiben?«

»Eine Bombe an der richtigen Stelle.«

»Das meinst du doch nicht ernst?«

»Und wie ernst ich das meine. Es gibt keine andere Möglichkeit. Du kannst Terror nur mit Terror bekämpfen. Wir sollten die Rohrbombe genau da anbringen, wo sich die Kaffer vor dem Gebet Hände und Füße waschen. Dann erwischen wir die meisten. Die beten doch immer zu den gleichen Zeiten wie Sonnenaufgang und Sonnenuntergang.«

Mo ist mulmig zumute. Das sehe ich ihm an.

Ich beruhige ihn: »Du musst gar nichts tun. Du musst mich nur durch den Eingang und das Ding im WC installieren lassen.«

»Und wenn dich einer sieht? Hier gibt es Kameras.«

»Gibt es noch einen zweiten Eingang?«

»Klar. Aber da steht auch einer vom Wachdienst.«

»Und sonst habe ich keine Möglichkeit, aufs Gelände zu kommen?«

»Doch. Dafür müsstest du nur über die Mauer klettern.«

»Und wo ist das Problem?«

»Dass ich dich sehen könnte.« Er sagt es mit einem Grinsen und nippt am Tee.

»Okay. Der Plan steht also. Gibt es da eine Kamera?«

»Ich zeig dir mal die Stelle, die ich meine.« Er zieht den Plan vom Asylantenheim auf seinen Bildschirm. Das dürfte überhaupt kein Problem werden. Schließlich würde die Aktion in der Nacht laufen und nachts siehst du einen mit schwarzen Klamotten und Sturmhaube nicht in einer dunklen Ecke. Und von den dunklen Ecken gibt es mehr als genug auf dem Weg von der Mauer bis zum Waschraum.

»Also, bist du dabei?«, frage ich und nehme ihn in den Schwitzkasten.

Nähe. Einfach nur Nähe.

Mo nickt. »Ja, aber lass mich los, Felix.«

Das tue ich nicht, sondern drücke meinen Arm fester um seinen Hals, spanne den Bizeps an. Dann erst lasse ich los und flüstere ihm ins Ohr. »Und falls du jetzt noch aussteigen willst, dann stecke ich dir die Rohrbombe in den Arsch.«

Mo lacht nicht, obwohl ich das eher witzig gemeint habe. Hauptsache, er macht mit. Er wird sich nicht widersetzen, denn er weiß nur zu gut, dass mir die Sache wichtiger ist als jede Freundschaft und auch wichtiger als mein Leben.

»Jetzt würde ich mich doch noch gerne etwas hier umschauen«, sage ich.

»Was willst du sehen?«

»Die Räume, wo sich die Kaffer waschen.«

»Ich kann hier aber im Moment nicht weg.«

»Weil keiner kommt und keiner geht? Oder warum? Willst du mich verarschen?«

»Nein. Ich muss aufpassen, damit nicht irgendwelche Nazis hier eine Granate in den Hof werfen oder Indianer eindringen«, sagt er und lacht endlich wieder.

Mein Handy vibriert. Ich hatte es auf lautlos gestellt. *Mutter* leuchtet auf dem Display. Sie ruft sonst nie an, weil sie weiß, dass ich nicht rangehe, wenn sie anruft.

Ich sage zu Mo: »Warte mal kurz. Könnte wichtig sein.« Und wende mich ab, gehe über den Hof. Überall liegen rote Kiesel, die unter meinen Schuhen knirschen und in den Gebäuden brennt Licht. Beim siebten Klingeln erst gehe ich ran.

Mutter: »Du hast dich beschissen verhalten.«

Ich: »Wie?«

Mutter: »Warum hast du Erik nicht geholfen?«

Ich: »Deshalb rufst du an? Hat er gepetzt?« (Ich lache.)

Mutter: »Ich mag ihn.«

Ich: »Davon gehe ich aus. Ich hoffe ja nicht, dass du mit jedem ins Bett steigst.«

Mutter: »Wir haben gar nicht miteinander geredet.«

Ich: »Reden wir sonst?«

Mutter: »Ich habe Angst, dass dir was passiert. Erik sagt ...«

Ich: »Was sagt der denn?«

Mutter: »Dass du Potenzial hast. Er könnte sich vorstellen, dass du in seiner Partei etwas machen kannst. Er hat mir erzählt, dass du den Saalschutz übernimmst.«

Ich: »Ich habe doch längst für ihn gearbeitet. Du kriegst auch nichts mit, Mama.«

Mutter: »Ich finde das gut. Ich will nämlich nicht, dass irgendwann die Polizei hier steht, weil du und deine Freunde ...«

Ich: »... Kameraden!«

Mutter: »Weil ihr Mist gebaut habt.«

Ich: »Brauchst du Geld?«

Jetzt schweigt meine Mutter. Ich glaube, sie weint. Ich bin mir nicht sicher. Die Leitung ist wie tot. Ich stelle mir vor, wie sie gerade auf der Couch sitzt, Erik nicht im Raum ist, sie nach Luft ringt und am liebsten dafür sorgen würde, dass alles gut wird. Alles soll einfach wieder gut werden, wie im Märchen. Meine Mutter hat immer auf einen Retter gewartet, der meinen Vater zurückbringt und ihr hilft. Aber in diesem Leben und in diesem Land gibt es keine Retter und schon gar keinen Staat, der ihr jemals wirklich helfen wird.

Weil sie arm ist. Geholfen wird nur den Habenden. Es gibt ja nicht einmal Politiker, die für Leute wie uns einstehen. Sie stehen nur für die Reichen ein. Und jetzt kriegen diese ganzen Kaffer hier auch noch das Wenige an Sozialgeld, das sonst Leute wie meine Mutter bekommen hätten. Ich hasse diese Kaffer.

Ich erkläre meiner Mutter, dass ich schon auf mich aufpassen werde und sie jetzt auf dem richtigen Weg ist mit der Kinderbetreuung. Und Erik ein richtig netter Kerl sei.

Sie antwortet nicht.

Ich sage: »Hallo? Bist du noch dran, Mama? Dann sag was.«

Fast scheint es, als würde ich den Kontakt zu ihr verlieren. Ich sehe auf dem Handy, dass die Verbindung noch steht, denn die Zeit läuft weiter.

»Mama. Sag endlich was!« Das macht mich jetzt sauer.

»Das kann ich nicht ab. Nun red schon.«

Aber sie sagt nichts mehr. Sie hat mich verlassen.

Ich stehe vor der angeblichen Moschee, aber ich werde nicht reingehen, obwohl die Tür nur angelehnt ist. Diese verdammten Kanaken haben schon das ganze Land zerstört. Und Mo muss hier für einen Hungerlohn arbeiten, während die sich gleich fürs Gebet Hände und Füße waschen. Fünfmal am Tag. Das ist so richtig sektenmäßig.

Aber sie haben ja sonst nichts zu tun. In Syrien sind die vorher auch nur ums Haus gekrochen, immer dem Schatten nach, den ganzen Tag. Dieses Moslemzeug brennt sich durch das ständige Beten in dein Hirn und am Ende glaubst du wirklich, dass es der einzige Weg ist. Religion ist Brainwashing. Und die Leute zahlen mit ihren Steuern auch noch für diese Containermenschen. Das ist doch krank! Es ist, als ob ein Arzt den Krebs nicht aus dem Körper schneidet, sondern ihn sogar noch füttert. Diese Gutmenschen sind einfach alle bescheuert. Sie haben nichts begriffen. Am Ende werden wir ein Mischvolk wie die Amerikaner.

Ich stecke denen die Rohrbombe direkt in den Hintern.

Ich rufe Anna an und teile ihr mit, dass ich gleich zu ihr kommen werde.

Zurück bei Mo gehe ich noch einmal in seine gute Stube. Er möchte, dass ich die Sache mit der Bombe nochmal überdenke. Er ist »eigentlich dagegen«.

Ich sage ihm, dass mir das »eigentlich scheißegal« ist. Dann lege ich meine Hand um seinen Nacken. Fast berühren sich unsere Nasenspitzen. Ich ziehe ihn noch näher zu mir. Unsere Stirn kommt aneinander. »Du hattest eben die Möglichkeit, Nein zu sagen. Jetzt hängst du mit drin. Wenn das Ding hier hochgeht, dann solltest du auf der richtigen Seite stehen. Falls nicht, wirst du Probleme bekommen, die schlimmer sind als jedes Problem im Knast. Glaub mir. Ich bin entschlossen. Wir müssen was tun. Kapierst du?« Ich nicke Stirn an Stirn mit ihm. Und spüre den Schweiß auf seiner Haut an meiner Haut. Es ist ein gutes Gefühl.

Ich lasse ihn los. »Ich muss jetzt. Hab noch was zu erledigen. Ich sage dir Bescheid, wenn die Sache steigt. Du musst nichts groß tun. Außer für die Sache zu sein. Hast du das kapiert?«

»Ja, klar. Ich bin ja nicht blöd.«

25. WIR SIND DIE MEHRHEIT

Ich lese die Gebrauchsanweisung, wie man eine Rohrbombe baut, auf einer Seite im Internet.

Anna steht hinter mir, schaut über meine Schulter und streicht mir über den Rücken. »Was veranstaltest du denn da?«

»Jetzt nicht.«

»Du sitzt an meinem Computer und guckst dir so einen Scheiß an?«

»Mach dir mal nicht ins Höschen. Ich habe deine IP durch eine Hidden IP verdeckt. Keiner kriegt mit, was ich hier tue.«

»Glaubst du?«

»Das weiß ich.«

»Und wozu brauchst du die Bombe?«

»Willst du das wirklich wissen?«

Sie sagt nichts.

»Okay. Ich werde eine Bombe in einem Asylantenheim hochgehen lassen.«

»Nicht gut.«

»Sehr gut«, sage ich. »Die Dinger sind total effektiv.«

»Dann kannst du ja gleich wie so ein IS-Typ auf dem Weihnachtsmarkt in die Menge fahren.«

»Das dauert mir zu lange bis Weihnachten.«

»Findest du das witzig?« Nach außen bleibt Anna ruhig. Mit einer sanften Bewegung streicht sie mir das Haar zur Seite. Aber ich weiß, dass sie innerlich kocht. Denn sie zieht die Nasenflügel ein bisschen auseinander, als wollte sie gleich abheben.

»Wir sind keine Terroristen«, erkläre ich.

»Wenn du eine Rohrbombe in einer Flüchtlingsunterkunft in die Luft sprengst, bist du ein Terrorist.«

»Nein«, sage ich und gebe ihr einen Kuss. »Terroristen terrorisieren die Mehrheit. Wir aber repräsentieren die Mehrheit. Wir sind die Speerspitze der Mehrheit. Egal, was diese Gutmenschen sagen. Die haben nur die Mehrheit über die Medien. Du solltest nicht glauben, was sie sagen.«

Anna liegt im Bett und ich sitze auf der Bettkante. Sie will Sex. Ich will es auch. Aber ich will nicht, dass sie solche Dinge von mir denkt.

»Gut, dann bist du halt kein Terrorist. Du willst nur, dass sich Deutschland ändert und alle Ausländer wieder zurück in ihr Land gehen.«

»Das ist auch sinnvoll«, sage ich. »Das musst du doch zugeben. Wer soll denn sonst Syrien aufbauen? Wer Afghanistan? Oder den Irak? Diese ganze Integration führt doch nur dazu, dass die Leute nicht wieder zurück in ihre Heimat gehen.«

»Und was ist dann mit mir? Ich bin doch auch keine Deutsche. Oder?«

»Du gehörst zu mir. Du darfst bleiben.«

»Meinst du? Wenn ihr die Leute repatriiert, dann muss ich auch weg. Aber wohin?« Sie setzt sich jetzt aufrecht gegen die Bettlehne. »Soll ich zurück nach Russland, wo meine Ururgroßeltern einst aus Schwaben eingewandert sind, oder darf ich hier bleiben?«

»Auf alle Fälle darfst du hier im Bett liegen bleiben.« Ich stürze mich auf sie und will sie küssen. Aber sie will nicht und sagt etwas auf Russisch, das ich nicht verstehe.

Verdammt. Was soll das?

»Willst du streiten?«, frage ich.

»Ich will, dass du jetzt gehst.«

»Hey, hey, hey.«

»Nichts *hey, hey, hey.* Es ist an der Zeit, dass wir ein bisschen vom Gas gehen. Wir sollten Urlaub machen voneinander.«

»Das meinst du doch jetzt nicht ernst.«

»Doch.«

Ich weiß nicht, wo ich jetzt hingehen soll. »Wirklich?«

»Ja, wirklich. Geh bitte. Ich brauche meine Ruhe. Zumindest für ein paar Tage, bis ihr das mit der Rohrbombe erledigt habt. Nimm deine Pistole auch mit. Mir ist es sowieso unwohl, wenn ich Waffen in der Wohnung habe. Kevin durfte das nie. Aber der hat ja auch sonst nicht bei seiner Mama gewohnt.«

Sie sagt es, als sei ich ein Muttersöhnchen.

Ich frage: »Willst du mich beleidigen?«

Sie: »Ich will, dass du gehst.«

Eine halbe Stunde später stehe ich mit zwei Sporttaschen vor der Tür und rufe mir ein Taxi. Keine Ahnung, wohin es gehen soll. Hauptsache, ich sitze im Taxi.

Der Fahrer ist ein Iraner. Er wiederholt seine Frage: »Wohin soll es gehen?« »Sie sind der Fahrer«, sage ich.

Er schaut mich über den Rückspiegel an. »Bitte geben Sie mir eine Adresse.«

Ich sage ihm, dass er losfahren soll.

»Wohin?«

»Ich habe Geld und Sie fahren. Ist das okay für Sie?«

»Ja, alles okay.«

Wir fahren durch die Stadt. Am Ring ist heute wieder jede Menge los. Überall sitzen die Leute in den Cafés oder flanieren an den Cafés entlang. Ich habe noch nie so viel Geld gehabt und eigentlich ist alles gut – trotzdem fühle ich mich schlecht. Ich hätte fast mein Ziel aus den Augen verloren. Es geht nicht darum, dass es mir gut geht. Es geht darum, dass es Deutschland gut geht.

»Fahren Sie bitte da vorne in die Straße.«

Wir fahren zu meiner Mutter.

Weder Mama noch Erik sind zuhause, aber ich habe den Schlüssel und mein Bett, lege mich hinein und höre *Mein Kampf*. Langsam beruhigen mich die Worte des Vorlesers über die Errungenschaften der arischen Rasse und ich schlafe ein.

26. ERIKS ANDERES LEBEN

»Viertausendfünfhundertfünfzig, viertausendsechshundert, viertausendsechshundertfünfzig, viertausend ...« Erik legte das Geld auf den Tisch, Schein für Schein – alles Fünfziger. An seinem Ringfinger trägt er einen goldenen Ring. Ich habe ihn bisher nicht gefragt, ob er verheiratet ist, weil mir der Ring bislang überhaupt nicht aufgefallen war. Als ich ihn nun danach frage, bestätigt er es.

»Muss ich das verstehen?« Ich schaue vorwurfsvoll zu meiner Mutter.

Sie sitzt auf der Couch und ist glücklich, dass Erik und ich so gut zusammenarbeiten. Seit zwei Tagen wohne ich wieder hier bei ihr und ihm. Die Veranstaltung, die gestern in der Nähe von Köln, genauer gesagt in Pulheim, stattgefunden hat, ist ohne Zwischenfälle verlaufen. Schädel, Kevin und alle anderen waren auf ihren Posten. Draußen hatten sich Anhänger von SPD, Linken und Grünen versammelt, um gegen die Veranstaltung zu protestieren, aber dabei blieb es auch. Lediglich einen Journalisten mit Mikro vom WDR hat Schädel zur Seite geschubst, damit er und seine Kollegen mehr über uns im TV berichten.

»Jede Nachricht über uns ist eine gute Nachricht, egal, ob wir an den Pranger gestellt werden oder nicht.« Diese Losung hatte Erik ausgegeben. Wir sollten also einen vom Fernsehen schubsen, schlagen durften wir nicht. Gestern Abend hatten sämtliche TV-Sender über uns berichtet und das Video vom umgestoßenen WDR-Journalisten ist auf Youtube schon zwei Millionen Mal geklickt worden. Diese Honks vom Staatsfernsehen tun alles, was wir wollen.

»Besser hätte ich euren Job nicht machen können«, sagt Erik.

»Naja, ich bezweifle, dass du unseren Job überhaupt hättest machen können.«

Erik schaut mich kritisch an, dann grinst er. »Okay. Das stimmt. Mir fehlt die Durchschlagskraft.«

Bei fünftausendvierhundertfünfzig Euro hört Erik auf mit dem Zählen. Das Geld liegt bar auf dem Tisch. Er würde nur gerne eine Quittung dafür unterschrieben haben.

»Das geht nicht«, sage ich. »So eine Art von Firma sind wir nicht.«

»Okay«, sagt er wieder und zieht seinen Quittungsblock zurück. »Es ist ohnehin Geld aus einer privaten Spende.«

»Genau«, sage ich. »Und es ist nicht gut, wenn irgendwo mein Name auftaucht. Schließlich kann ich meinen Leuten das Geld ja nicht überweisen. Ich hatte dir gesagt, dass alles schwarz laufen muss.«

Anna hatte mir dazu geraten. Sie ist die Einzige, die sich mit solchen Dingen auskennt. Sie ist davon überzeugt, dass der deutsche Staat keine Zähne hat, zu wenig Polizei, nur weiche

Richter, aber das Finanzamt sei extrem bissig in Deutschland, weil es die normalen Leute ausbeuten kann.

Ich frage mich, warum Anna mich rausgeschmissen hat. Kevin meinte doch, dass sie mich liebt. Und alles war gut zwischen uns gelaufen. Ich kapier das nicht.

Erik unterbricht meine Gedanken: »In zwei Wochen machen wir am Samstag eine Veranstaltung in Münster. Ich würde euch gerne wieder als Saalschutz haben.« Er sagt es förmlich, als seien wir nur Geschäftspartner.

»Was ist nun mit deiner Ehe?«, will ich wissen.

»Was soll damit sein?«

»Du bist doch mit meiner Mutter zusammen und gleichzeitig verheiratet. Das passt irgendwie nicht. Das ist ja wie ein CSU-Parteivorsitzender, der gleichzeitig mit seiner Frau und seiner Geliebten sein will. Ich glaube, das ist für einen Politiker wie dich nicht gut.«

»Lass ihn«, schaltet sich Mama ein. »Er hat seine Gründe.«

»Die will ich wissen«, sage ich.

Als Mama nun etwas sagen möchte, setzt Erik sich zu ihr auf die Couch und erklärt: »Meine Frau liegt seit über einem Jahr im Koma und sie wird nicht mehr erwachen.«

Das habe ich nicht erwartet. Was soll ich darauf sagen?

»Ich hätte längst verfügt, dass wir die Maschine abstellen, aber ...« Er hat Tränen in den Augen.

»Es ist eine Qual für ihn«, meint meine Mutter und nimmt ihn in den Arm.

»Deine Mutter hat mir in den vergangenen Wochen sehr geholfen. Ich liebe sie. Ich ...«

Plötzlich ist Erik nicht mehr jener Erik, der er noch vor wenigen Minuten gewesen ist.

Gott sei Dank meldet sich jetzt mein Handy. Schädel ist dran. Er fragt, wann wir das Geld aufteilen. Ich sage ihm, dass wir uns später bei Anna treffen werden. »So gegen sieben ... Heute Nacht musst du übrigens noch mit Kevin eine Schicht am *Nachthimmel* machen. Ich habe es Cyrus versprochen.«

»Und wann sollen wir uns vorher treffen?«, fragt er fordernd.

»Hä? Das habe ich doch gerade gesagt.«

»Sag es nochmal«, sagt er.

Will der mich verarschen?

»Hast du gesoffen?«

Er reagiert nicht und ich sage. »Ja, klar. Du hast gesoffen. Dann schlaf dich erstmal aus. Sonst bist du heute Abend nicht fit. Ich brauche dich bei Cyrus. Wir machen das mit dem Geld morgen. Ich sage Anna Bescheid. Hast du das kapiert?«

»Aber ich ...«

»Ich weiß. Aber ich sage dir, dass du jetzt schlafen gehst. Kapiert?«

Zähneknirschend sagt er: »Ja. Habe verstanden.« Am liebsten würde er mich jetzt töten, denn er braucht das Geld für irgendeine Karre, die er sich gekauft hat.

Noch immer sitzen mir Erik und meine Mutter gegenüber und ich weiß nicht, was ich zu alldem mit seiner Frau sagen soll, und schweige. Meine Mutter sieht müde aus. Ich weiß nicht, wie müde ein Mensch sein kann, ehe er für immer einschläft. Sie hat Ringe unter den Augen, obwohl sie sich ihre Haare frisch getönt hat.

Ich will sie nicht enttäuschen. Und habe es schon getan. Ich greife in meine Jeanstasche und ziehe daraus eine Schraube hervor. Sie hatte keinen Platz mehr in der Bombe, die ich gestern montiert habe. Nächsten Freitag – also in sechs Tagen, soll sie zum Freitagsgebet explodieren.

»Hast du mir etwas zu sagen?«, fragt mich Erik überraschend.

Hat er meine Gedanken gelesen?

»Ich weiß nicht«, sage ich. »Ich ...«

»Ich will deine Mutter nicht verlieren«, sagt er. »Und ich glaube, dass auch wir gut zusammen funktionieren. Du und ich.«

Ich nicke.

»Aber du solltest mir alles erzählen, falls da irgendwas ist, was deine Mutter und ich wissen sollten.«

Ich lüge: »Da ist nichts.« Und dann erkläre ich: »Ich habe nur keine Freundin mehr.«

»Okay«, sagt er. »Und du willst nicht darüber reden.«

»Nein«, sage ich. Schließlich ist es alleine Annas und meine Angelegenheit. Das mit Anna macht mir ohnehin nichts mehr aus. Es ist ihre Entscheidung. Ich kann sie nicht zu ihrem Glück zwingen. Oder soll ich sie etwa schlagen, so wie mein Vater meine Mutter geschlagen hat?

Niemals.

27. LETZTE VORBEREITUNGEN

Die Rohrbombe ist fertig. Sie ist so lang wie mein Unterarm und dick wie vier Finger. Den Zünder, ein Wecker, habe ich aus einem 1-Euro-Laden. Ich habe ihn bei Anna zusammengebaut, als sie nicht da war, und nun liegt er hier auf meinem Bett. Ich höre Mama und Erik im Nebenzimmer. Sie streiten sich. Morgen werden wieder die Kinder kommen. Warum streiten sie sich? Eben war alles noch gut, jetzt ist alles schlecht.

Ich stecke mir die Kopfhörer ins Ohr und höre *Stahlgewitter.* Ich mag die Lieder aus den Neunzigern, das ist noch richtig abgegriffener Rock. Drei Akkorde und die schmutzige Stimme vom Leadsänger. Ich schließe die Augen. Eine Zeit lang habe ich nur *Stahlgewitter* gehört. Irgendwie ist das jetzt ein gutes Gefühl, so wie wenn du erwachsen geworden auf einer alten Konsole SuperMario zockst.

Mo hat mir eine Nachricht geschrieben. Er will sich mit mir treffen. Es ist immer noch Sonntag und Mo wollte unbedingt alleine mit mir reden. Jetzt weiß ich auch warum: Er hat Schiss.

»Dir kann doch gar nichts passieren«, sage ich ihm. Wir laufen durch den Blücherpark, weil Mo in der Nähe gleich an der Autobahnzufahrt wohnt. Hier ist Neu-Ehrenfeld. Die Türken, die hier leben, wohnen meist in Genossenschaftshäusern. Die Deutschen haben oft kleine Einfamilienhäuser. Das ganze Viertel ist völlig überteuert. Im Park war es früher leer, heute ist er abends voll. Irgendwelche Dunkelhäutigen hängen auf den Bänken rum und glotzen. Die haben nichts zu tun.

»Kennst du die aus dem Asylantenheim?«

»Hör auf«, sagt er genervt. »Ich mach da nicht mit am Freitag.«

»Musst du auch nicht. Du sollst ja nur weggucken, wenn ich über die Mauer steige.«

»Das geht nicht. Wenn die Kamera dich sieht, muss ich das melden.«

»Mensch, das haben wir doch schon besprochen. An dem Abschnitt ist gar keine Kamera. Oder hast du Scheiße erzählt?«

»Weiß nicht. Aber wenn auch nur ein Furz von dir zu sehen sein sollte, dann muss ich das melden.«

»Mich verpfeifen?«

»Die werden später alle Aufnahmen durchsehen. Und dann ...«

» ... sagst du, dass du gerade mal nicht hingeguckt hast, weil du wieder eines dieser bescheuerten Formulare ausfüllen musstest oder gerade deinen Gebetsteppich ausgerollt hast. Du bist doch auch Moslem. Dich verdächtig keiner.«

Mo bückt sich nach einer Plastiktüte auf dem Weg, knäult sie zusammen, rennt bis runter zum Wasser und will sie möglichst weit ins Wasser werfen. Doch sie wird sogleich vom leichten Wind zur Seite geweht und fällt fast vor ihm ins Wasser.

Ich hebe einen Stein auf, gehe runter zu ihm, fische die Tüte aus dem Wasser und wickle sie um den Stein. Dann werfe ich sie in hohem Bogen ins Wasser. Die Enten schwimmen sofort weg. Und ich schaue Mo eindringlich an: »So musst du handeln. Eindeutig, schnell und zielgerichtet. Alles, was du tust, muss einen harten Kern haben. Etwas, an dem du dich festhalten kannst.« Ich tätschle kurz seine Wange, dann kneife ich hinein. »Kapiert?«

Er nickt.

»Kapiert?«, frage ich lauter.

Er sagt: »Kapiert.«

»Genau. Und weißt du was? Ich werde es nicht beim Freitagsgebet machen. Sondern frühmorgens, wenn die Sonne aufgeht und die ganz eifrigen Moslems schon beten. Dann soll es sie treffen. Das Geile dabei ist, dass dann die Medien den ganzen Tag darüber berichten können. Stelle dir das mal vor! Und wenn es noch halbdunkel ist, dann kann mich ohnehin kaum eine Kamera erkennen, denn ich komme ja schon in der Dunkelheit und installiere die Bombe. Und jetzt lächle mal.«

Er lächelt, zugegeben etwas gezwungen, aber für einen Türken mit Kümmel in den Eiern schon recht locker.

»Und wann willst du es tun?«

Die Plastiktüte taucht wieder auf. Die Enten schwimmen hin zu dem seltsamen Objekt, das da aus der Tiefe kommt.

»Sagen wir mal ... morgen.«

»Echt?«

»Ja. Je früher ich das mache, desto länger haben wir nachher Spaß daran.«

»Denkst du eigentlich an die Leute, die du dabei ...«

»Du sprichst von Kaffern oder ...? Du kennst doch den alten Spruch: Stell dir vor, es ist Krieg und keiner geht hin. Wer soll dann den Krieg gewinnen? Wir müssen das tun. Sonst machen die uns mit ihrem Terror fertig. Gegen Terroristen hilft nur ...«

Mo schweigt. Erst, als ich ihn auffordernd anschaue und ihm gegen das Kinn stupse, sagt er: » ... Terror.«

»Eben. Wir können nur gewinnen, denn sonst werden wir verlieren. Kapiert? Wir sind keine Terroristen. Aber wir müssen diese Typen fertig machen.«

»Kapiert«, sagt er und ich nehme ihn in den Arm. »Und jetzt erzähl mir noch mal genau, wo ich wie langgehen soll und wie es im Waschraum aussieht. Und wo ich da genau die Bombe am besten platziere.«

»Das habe ich dir doch schon ...«

» ... gesagt. Ich weiß. Trotzdem.«

Wir laufen wieder über die Wiese hinauf bis zum Weg, durch die Kastanienallee, und Mo erklärt mir alles noch einmal bis ins Detail. Wir machen zwei große Runden im Park bis der Abend dämmert. Am Ende ist die Plastiktüte wieder am Ufer und ich werfe sie in einen Mülleimer.

Später wollen Mo und ich zu Anna. Die beiden kennen sich nur oberflächlich. Es ist Zeit, dass sie sich mal ein bisschen beschnuppern. Ich weiß ja, dass Mo in festen Händen ist, aber Anna kann keiner widerstehen. Und Anna weiß, dass ich sie nicht mehr haben will, sonst würde ich ja nicht Mo mit zu ihr nehmen. Ein deutlicheres Zeichen kann ich nicht setzen. Obwohl ich immer noch eifersüchtig bin. Aber wenn sie mich nicht möchte, soll sie eben glauben, dass sie mir auch gleichgültig ist.

28. DER TAG DER TAGE

Es ist Montag, der 12. September. Um viertel vor vier schleiche ich mich aus der Wohnung. Erik und meine Mutter haben sich gestern Abend mal nicht gestritten, dafür aber geliebt. Das war nicht weniger laut.

Die Rohrbombe habe ich im Rucksack zwischen Tüchern verstaut, ich trage Nikes und in einer Plastiktüte habe ich einen Parker dabei. Genauso wie Lederhandschuhe und meine Sturmhaube.

Die Sonne soll um 7 Uhr aufgehen und um 18:50 Uhr unter. Das frühmorgendliche Fadschr-Gebet ist laut der Gebetszeiten auf 5:22 Uhr angesetzt. Mo hat mir erklärt, dass ich zum Fadschr die gläubigsten der Muslime treffe. Denn wer bitte sehr steht schon so früh auf, um sich zu orientieren und zu beten? Er habe es jahrelang mit seinem Vater gemacht. Der hätte stets die ganze Familie aufgeweckt. Aber für seinen Vater sei es auch keine so große Leistung gewesen. Schließlich musste sein Vater kurz danach ohnehin zur Frühschicht in die Z-Halle bei Ford. Bis heute hat Mo eine Macke durch dieses frühe Aufstehen und nimmt daher selbst immer die Frühschicht.

Die erste Bahn fährt schon, aber ich will zu Fuß laufen. Normalerweise gehe ich um diese Uhrzeit ins Bett. Gestern Abend konnte ich nicht einschlafen und habe mir auf einem Podcast einen Imam angehört, der die ersten Suren aus dem Koran in Arabisch spricht. Es ist gut, seinen Gegner zu kennen, ehe du ihn tötest. Es war wie ein ewiger Singsang. Auf Dauer gewöhnt sich das Ohr daran und mag die Melodie. *Stahlgewitter* und Koran.

Ich schmunzle, während die Stadt um mich herum erwacht. Hier auf dem Bürgersteig ist noch nichts los, aber auf dem Gürtel ist schon Verkehr. Vermutlich irgendwelche Pendler, die jetzt schon los müssen, um frühmorgens irgendwo ihren Job zu beginnen. Ich könnte das nicht. Security ist das Beste, was mir passieren konnte – zumal ich jetzt bei Cyrus so gut im Geschäft bin.

Ich überlege, ob ich Alexander später davon erzählen soll, wie der heutige Tag abgelaufen ist. Ihm wird es ganz sicher gefallen, wenn Leute wie ich ihren Teil zur Bewegung beitragen. Erik sowieso. Er hat kapiert, dass Politiker Politik machen, wir aber diejenigen sind, die die Welt wirklich verändern. Mit einer einzigen Bombe in einem Asylantenheim erreichst du mehr, als mit eine Million Worte. Diese Bombe heute wird für Hundertmillionen Worte sorgen. Die Medien warten geradezu auf einen Anschlag von Rechts. Der NSU-Prozess war langweilig wie Hannover, aber ein Bombenanschlag lässt sich gut verkaufen.

Mal sehen, wer sich dazu bekennt. Ich werde es nicht tun. Ich bin doch nicht wahnsinnig. Die von der Presse werden alleine auf die Idee kommen, dass der Anschlag von rechts gewesen sein wird. Ich werde schön die Klappe halten. Ich habe schon zu viel gesagt. Aber auf Anna und Mo kann ich mich verlassen.

Es ist 4.13 Uhr: Vor der Mauer, über die ich ins Asylantenheim einsteigen will, ist Gestrüpp mit Dornen. Ich ziehe aus der Plastiktüte Sturmhaube, Parker und Handschuhe. Packe die Plastiktüte in meinen Rucksack und gehe vorsichtig ins Gestrüpp. Das Licht von der nahen Straße beleuchtet den Müll, den die Autofahrer einfach aus dem Wagen ins Gebüsch geworfen haben. Wie ekelhaft ist das denn? Warum macht das die Stadt nicht sauber?

Die Sturmhaube ist sofort zu warm. Ich schlage mich durch Brombeersträucher bis zur Mauer und steige auf einen Ast. Von dort aus ist es nur ein Katzensprung, bis ich mit den Händen oben auf der Mauer Halt finde. Der Mond ist nicht voll, aber mir kommt alles viel zu hell für einen Einbruch vor, während ich jetzt auf der Mauer liege.

Wie blöd ist die Stadt eigentlich.? Sie hätte zumindest ein bisschen Stacheldraht oder Glasscherben auf die Mauer legen sollen. So ist es ein Kinderspiel. Aber das Licht nervt. Die Autos fahren vielleicht acht Meter von mir entfernt auf der Straße und sind im Takt der grünen Welle. Vermutlich beachten sie mich überhaupt nicht. Hoffentlich.

Der Hof erscheint mir im Dunkeln noch größer als tagsüber. Am Rand brennen ein paar Laternen. Ich sehe keine Kameras. Aber es kann mir auch egal sein. Schließlich hat Mo die Aufsicht. Ich lasse mich an der Mauer runter und husche hinüber zu den Containern. Die Tür zu den Waschanlagen steht wie versprochen offen. Ich lausche kurz, ob irgendwer gerade pinkelt oder sich wäscht. Vielleicht gibt es ja superfleißige Moslems, die schon früher als früh hier sind. Aber es ist kein Geräusch zu hören. Gut. Schnell schlüpfe ich in den Container. Hier drin ist es taghell. Die lassen das Licht immer brennen, weil sie Angst vor Übergriffen haben. Das hat mir Mo auch erklärt.

Ich nehme den Rucksack ab und suche über dem Waschbecken nach der Stelle, wo die Rohre aus und in die Wand gehen. Dann ziehe ich an der Platte, die alles abdeckt. Ich kann sie leicht zur Seite biegen. Den Zünder habe ich schon vorher eingestellt.

Geschafft. So schnell geht das! Jetzt müssen nur noch die Schäflein kommen und sich für ihren Gott schön machen. Dann werden sie mit sauberen Händen gleich hoch ins Paradies geschickt.

Als ich gerade wieder aus dem Container schlüpfen will, höre ich draußen Schritte. Kurz schließe ich die Augen und habe mich sofort beruhigt. Keiner darf mich hier sehen, keiner. Niederschlagen darf ich auch niemanden, denn sonst wird er gleich gefunden und dann wird niemand hier sein, wenn die Bombe hochgeht. Ich renne in die Herrentoilette und in eine Kabine, lasse die Tür leicht offen stehen. Ich stelle mich auf den Klodeckel. Niemand kann mich jetzt sehen. Jemand betritt den Raum. Die Schritte kommen näher und das Quietschen einer Tür ist zu hören. Wahrscheinlich will er sich auf dem erstbesten Klo niederlassen. Doch dann quietscht die Tür wieder. Kein Pinkeln, nichts war zu hören. Hat ihm das Klo nicht gefallen? Die Klotür neben meinem geht auf. Hoffentlich gefällt dem Kerl jetzt zumindest diese Toilette. Zumindest schließt er die Tür und dann wird es laut und dauert. Und dauert.

Was macht der da? Es stinkt. Aber langsam sollte er wieder rauskommen und abhauen. Doch nichts geschieht. Ist der eingepennt? Ich stehe hier auf dem Klo und warte und warte. Die Zeit scheint endlos. Wieder betritt jemand die Toilette. Verdammter Mist. Ich weiß nicht, was ich machen soll. Der zweite Typ aber geht nur zum Standy und pinkelt im Stehen. Dann wäscht er sich die Hände und ruft irgendwas auf Arabisch. Der in der Toilette neben mir antwortet. Jetzt quatschen die auch noch!

Es ist mitten in der Nacht und diese Kaffer reden garantiert über irgendeinen belanglosen Scheiß. Vielleicht wollen sie auch gar nicht mehr ins Bett, sondern machen sich gleich bereit fürs Beten.

Das nächste Fenster ist zu weit weg und die Tür unerreichbar. Schließlich steht der eine vermutlich vor den Waschbecken. Es gibt sowohl hier als auch im Flur Waschbecken.

Ich halte es nicht mehr aus. Aber dann werden die Kaffer lauter, denn der auf der Toilette öffnet die Tür und scheint sich jetzt auch die Hände zu waschen. Wie durch ein Wunder besinnen sie sich darauf, endlich das WC zu verlassen.

Das war knapp.

Ich folge ihnen auf den Hof und sehe, wie Mo gerade vorne aus dem Häuschen kommt. Doch im nächsten Moment begreife ich, dass der Typ viel größer und bulliger als Mo ist. Das ist gar nicht Mo. Er trägt nur die gleiche Uniform. Wo ist Mo? Ich schleiche mich rüber zur Mauer, finde einen Halt und bin weg.

29. HANDSCHELLEN

Das war eindeutig zu früh für mich. Hundemüde komme ich zurück nach Hause und lege mich sofort ins Bett. Den Parker habe ich unterwegs in einer Mülltonne versenkt, genau wie die Handschuhe und die Sturmhaube. Natürlich nicht alles in einer Tonne, sondern in einem Abstand von ein paar hundert Metern. Ich stelle mir gerade vor, wie die muslimischen Männer sich nun im Waschhaus zusammen finden, wie sie Hände, Füße, Gesichter und Körper fürs Gebet vorbereiten und wie genau jetzt die Bombe explodiert.

Das Fenster steht offen, aber nur der Verkehr der erwachenden Stadt dringt zu mir hoch. Nichts Ungewöhnliches ist zu hören. Kein Vogel schreckt auf. Ich stecke mir die Kopfhörer ins Ohr und höre Fernsehen. N-tv. Gleich müsste die Reporterin etwas sagen, das mich aufhorchen lässt. Aber da kommt nichts. Ich klicke mich auf die ARD, ZDF, CNN-Seiten. Nichts, gar nichts. Als sei nichts geschehen.

Dann die erste Meldung: »Wie wir soeben erfahren haben, ist in einer Kölner Flüchtlingsunterkunft soeben eine Bombe detoniert. Die Einsatzkräfte sind vor Ort. Bislang ist noch nichts Weiteres in Erfahrung zu bringen. Nur so viel, dass niemand verletzt oder getötet wurde, da sich zum Zeitpunkt der Detonation die Bewohner der Unterkunft nicht dort befunden haben.«

Jetzt verstehe ich überhaupt nichts mehr.

Die Nachrichtensprecherin erklärt, dass die Detonation genau zwischen zwei Gebetszeiten erfolgte. Das sei ein großes Glück gewesen, da sich die Muslime der Einrichtung sonst in den Waschräumen zum Gebet vorbereiten.

Hat mich Mo etwa verarscht? Ich sitze im Bett und würde am liebsten laut *Scheiße* schreien. Aber ich bleibe ruhig. In meinem Zimmer ist es dunkel, denn ich habe die Vorhänge zugezogen. Warum kam aus dem Wachhäuschen überhaupt so ein merkwürdiger Typ? Wo war Mo? Ich rufe ihn an, aber er geht nicht ans Handy. Der ist feige. Dieser beschissene Verräter.

Draußen höre ich Sirenen. n-tv meldet, dass sie mit Hochdruck nach dem Bombenleger suchen. Vermutlich sei er aus der rechten Szene. Ein Tatverdächtiger werde verfolgt. Bin ich das?

Ich starre auf meine Füße und höre eine Sirene, aber der Polizeiwagen rast unten auf der Straße vorbei. Das Erste meldet, dass in Köln vermutlich heute früh mit einem Verkehrschaos zu rechnen sei, da die Polizei Straßen absperre und niemand mehr unkontrolliert die Stadt verlassen solle. Nach den Pannen bei der Silvesternacht sei man in Köln auf alles vorbereitet gewesen.

Ich rufe wieder bei Mo an.

Der geht nicht ran. Dann doch. Aber es ist Anna, die ans Handy geht.

»Anna? Was machst du an Mos Telefon?«

»Mo ist hier«, sagt sie. »Ist das verboten?«

»Spinnst du eigentlich? Weißt du nicht, was passiert ist?«

»Mo ist krank. Er konnte nicht zur Arbeit«, erklärt sie. »Was hast du denn? Worum geht es?«

Warum spielt Anna die Unwissende? Sie weiß doch garantiert von Mo, dass ich heute die Rohrbombe gezündet habe.

»Hast du noch nichts gehört? Ich hab's krachen lassen. Aber ich habe keinen erwischt von den Kaffern. Ich muss mit Mo reden.«

»Was laberst du da für einen Müll?«, sagt sie.

»Gib mir Mo!«

»Er will nicht mit dir sprechen. Er sagt, du hast 'ne Macke. Ich weiß überhaupt nicht, was du von uns willst.«

»Na, dass ...« Ich schweige und lege auf. Wollen die mich verarschen?

Ich kann nichts tun. Ich sitze im Bett und mein Puls schlägt mir hoch bis in den Hals. Ich werde nie wieder schlafen können.

Niemand wurde verletzt. Ein SPD-Politiker sagt, dass dies ein feiger Anschlag von rechts sei. Nun sind sie also so weit. Sie glauben, dass wir es waren. Der Reporter fragt, ob sich jemand zum Anschlag bekannt habe. Der Politiker sagt: »Nein, aber ...«

Ich ziehe die Vorhänge auf. Draußen hat der Verkehr die Stadt wieder im Griff. Die Sonne scheint und die Birke ist grün und weiß und es riecht gut. Ich war noch nie so wach und gleichzeitig so unentschlossen. Das Fenster weit offen, stehe ich da und schaue hinaus.

Dann kracht es plötzlich. Ich drehe mich um. Meine Mutter schreit.

Was ist los?

Ich höre Rufe und es kracht wieder. Das muss die zweite Tür gewesen sein. Nun bricht auch noch meine Tür zusammen. Ich sehe die Männer, sie sind hochgerüstet in ihren Schutzuniformen und den Helmen, den Schilden und den Gewehren. Ich habe nichts als meine Unterhose an und ein Hemd. Im Hintergrund höre ich meine Mutter rufen.

Sie führen mich in Handschellen an ihr vorbei. Meine Mutter weint. Wo ist Erik?

»Was hast du gemacht?«, fragt sie.

»Ich habe nichts Böses getan«, sage ich. »Nichts. Niemandem ist etwas passiert.«

Der Polizist stößt mich voran. Ich will nicht. Ich will nicht in den Knast. Es ist die Hölle. Wenn du einmal im Knast bist, kommst du nie wieder raus. »Ich bin kein Terrorist«, sage ich.

Der Polizist schweigt. Ich scheine ihn nicht zu interessieren. Ich werde nur abgeführt. Dabei habe ich es auch für ihn getan. Ich habe diese Sachen nie für mich getan. Es war doch alles falsch. Diese Menschen sind falsch.

»Es war falsch«, sage ich zu Mama. »Ich …«

Meine Mutter weint. Obwohl ich sie nicht mehr sehen kann, nur noch die Stufen unter mir, das Geländer, ist vor mir überall das Gesicht meiner Mutter: Es weint.

Vor Gericht sagte Anna aus, dass ich tatsächlich nach dem Attentat mit ihr telefoniert habe. Sie sei überrascht von dem gewesen, was ich erzählt habe. Ich hätte geistig verwirrt geklungen. Dies gehe aus dem Gespräch, das der Polizei vorliege, ja auch hervor. Deshalb also hat sie während unseres Telefonats so getan, als wisse sie von nichts. Und ich habe bei diesem Gespräch auch noch alles zugegeben. Ich hatte nicht geahnt, dass der Verfassungsschutz zu diesem Zeitpunkt schon meine Handydaten sammelte und mithörte.

Anna saß im Gerichtssaal und behauptete mit ihrem schönen Mund, sie habe weder gewusst, was ich vorhabe, noch zu welchem Zeitpunkt. Sie log, ohne dass jemand ihre Lüge in ihrem Gesicht hätte entdecken können. Sie ist eine perfekte Lügnerin. Es sei ihr schleierhaft, wie Spuren von Sprengstoff in ihre Wohnung gekommen seien. Vermutlich hätte ich heimlich in ihrer Wohnung die Bombe gebaut. Zum Zeitpunkt des Attentats habe sie mit Mohammed Özer im Bett gelegen.

Mo sagte dem Gericht, dass er selbst ein Muslim sei und niemals etwas mit einem Attentat auf seine Glaubensbrüder zu tun haben könne. Das sei völlig abwegig. Sein Vater wurde sogar noch in den Zeugenstand geladen und er schwor, dass sein Sohn ein strenggläubiger Moslem sei. Mo sagte, dass er natürlich gewusst habe, dass ich in der Diskothekenszene unterwegs war, aber von den rechten

Tendenzen meinerseits sei er überrascht gewesen. Sonst hätte er mich doch nicht in die Flüchtlingsunterkunft gelassen. Am Tag des Attentats sei er bei Anna Müller gewesen und gar nicht vor Ort.

Cyrus wurde ebenfalls geladen, da der Verfassungsschutz die Verbindung hergestellt hatte. Er zeigte sich ebenfalls überrascht und lächelte mir zu, als er den Zeugenstand wieder verließ. Nun ist er frei von mir. Frei und offen für Kevin, den er sicherlich wieder nach Strich und Faden für dumm verkaufen wird. Auch Kevin selbst und meine Kameraden mussten aussagen. Niemand von ihnen habe etwas gewusst, betonten sie.

Mein Anwalt erklärte mir, dass Erik der Polizei den entscheidenden Tipp gegeben habe. Um selbst nicht in die Geschichte hineingezogen zu werden. Er hatte in meinem Zimmer herumgeschnüffelt und sich im letzten Moment dazu entschlossen, der Polizei zu sagen, dass ich vermutlich hinter dem Attentat gesteckt hätte. Deshalb war er auch nicht mehr in der Wohnung meiner Mutter bei der Festnahme.

Hätte er ein bisschen mehr Mumm gehabt, hätte er das Attentat vermutlich ganz verhindern können. Dann hätte mich die Polizei schon vorher fest genommen. Jetzt lebt er bei meiner Mutter. Die beiden sind immer noch zusammen, aber ich will nicht, dass er mich hier im Knast besuchen kommt. Ich will meine Ruhe vor diesem Menschen.

Ich habe übrigens niemanden weiter belastet. Habe gesagt, dass ich das alles selbst vorbereitet hätte. Obwohl mir mein zugewiesener Anwalt riet, ich solle alles erzählen. Und auch meine Kameraden auffliegen lassen. Ich würde ja sehen, was aus den Kameradschaften geworden sei. Keiner von ihnen habe mich besucht oder sich gemeldet.

Ich war ein Einzeltäter, habe ich vor Gericht behauptet, und bin bis zum Ende des Prozesses dabei geblieben. Jetzt wird mit diesem Buch alles auffliegen. Aber wer glaubt schon dem Roman eines Menschen, der bereut hat.

Es war gut so, dass ich bis jetzt die Klappe gehalten habe, sonst hätte ich im Knast niemals Ruhe gefunden. Ich habe alles bereut – und es ist gut so wie es ist.

NACHWORT

Deutschland ist ein schwieriger Charakter, ständig im Wandel, geradezu ruhelos und immer auf der Suche nach sich selbst. Das hat Gründe. Schließlich liegt es mitten in Europa. Und es gibt kaum ein Land auf der Welt, durch das so viele Waren und Menschen auf einem so dichten Verkehrsnetz unterwegs sind: von Russland nach Italien, von Spanien oder der Türkei nach Dänemark, von Polen, Ungarn und Rumänien nach Belgien und England. Und von Hamburg aus geht es einmal rum um den Ball.

Im Sommer 2015 klopfte das Weltgeschehen an die Tür: Die Schutzsuchenden und Gestrandeten wollten in Scharen nach Deutschland, denn die Welt ist überschaubarer geworden. Jeder kann überall auf dem Handy sehen, wo Krieg und wo Frieden ist, wo Konsumlust und wo Hunger herrschen. Und Deutschland scheint vielen ein gutes Land! Wo es sich leben lässt! Wo Friede und Organisiertheit herrschen!

Was für ein Glück, dass die Menschen genau jetzt kommen. Denn Deutschland ist darauf vorbereitet. Nicht mit Notunterkünften, nicht mit genügend Deutschkursen und auch nicht mit seinem Schulsystem, aber es besitzt die Fähigkeit zum Wandel. Seine eigene kulturelle Vielfalt unter einen Hut gebracht, kann es nun auch andere Kulturen aufnehmen. Im Gegensatz zu den USA, England, Russland und Frankreich musste Deutschland seine Fehler im 20. Jahrhundert bereuen – und war reumütig, hat gelernt zu lernen.

Ein armenischer Verleger fragte mich im Spätsommer 2015, als er mich am Flughafen von Jerewan abholte: »Warum bist du nicht stolz auf dein Land?«

Ich sagte: »Wir Deutsche haben Probleme mit dem Stolz.«

Er meinte: »Gerade darauf solltest du stolz sein. Ihr habt euren Fehler bereut. Es gibt kein Land auf der Welt, das dies getan hat. Die USA haben die Indianer vernichtet, die Australier ihre Eingeborenen und die Engländer, Russen und Franzosen haben die Welt brutal kolonialisiert und es nie wirklich bereut. Sie sind nicht dazu fähig. Aber Deutschland hat es unter Druck gelernt. Warum also bist du nicht stolz darauf?«

Tja, das war eine neue Perspektive für mich. Vielleicht war dieser junge Verleger etwas naiv, vielleicht ein wenig vorschnell, aber eins ist sicher: In Deutschland standen die Menschen an den Bahnhöfen und Grenzübergängen und haben die Geflohenen und Notleidenden empfangen – mit Blumen, Nahrung und offenen Armen. Mitmenschlichkeit braucht Bescheidenheit und Naivität. Der schlichte Satz »Wir schaffen das!« hat eine Euphorie losgetreten, die ihresgleichen auf der Welt sucht. Es kam zu einem der wenigen Fälle in der Geschichte, dass ein Volk Energie nicht zur Abgrenzung und für den Krieg mobilisiert, sondern für Geflüchtete, für Gestrandete und Humanität. Aufeinander zu wurde gegangen, und nicht mit Waffen gegeneinander an, wie in Europa oft genug geschehen.

Vielleicht gehen diese Tage und Wochen der Euphorie später einmal als die größte humanitäre Leistung in die Geschichte des Landes ein. Hier wurde nicht zuerst an sich selbst und die Nation gedacht, sondern an andere. Ein Land hielt freiwillig mit Schweden und Dänen, mit Norwegern und Österreichern die Grenzen und Arme offen und Deutschland machte sie weiter und weiter auf. Ohne darauf zu schauen, ob auch Selbstsüchtige oder Gefährder unter den Schutzsuchenden waren. Ohne diese Vorbehaltlosigkeit wäre der Moment nicht möglich gewesen.

Felix, die Hauptfigur des Romans, findet den Kurs Donald Trumps gut. Er würde auch gerne eine Mauer bauen gegen die Verfolgten. Er fühlt sich und sein Deutschland bedroht und überschwemmt von Flüchtlingen; für ihn werden die Räume mehr und mehr von Fremden besetzt, die aus dunkeläugigen Ländern kommen: Menschen mit anderen Gebräuchen, Sitten und Religionen, die von unserem Wohlstand schmarotzen möchten, die das Land besetzen und deren Werte unsere Werte verdrängen. Er hat keine Angst vor Terror, eher vor Überfremdung. Seine kleine Logik: Sind die Fremden erst weg, ist alles wieder gut.

Felix will nicht von den Ankommenden lernen, er will ausschließen, will austern. Für ihn ist der Fremde keine Chance, sondern lediglich eine Bedrohung. Ähnliches verbreiten auch die gebildeten neuen Rechten.

Es ist, als hätten sie nie in *meinem* Land gelebt, nicht in *meinem* Köln, hätten sie keine Kinder in der Schule, die mit anderen Kindern gemeinsam Deutsch lernen und deutsch sprechen. Von was für einer Zeit schwärmen und träumen diese Autoren und Professoren eigentlich? Von den Jahren 1933 bis zur Befreiung? Oder vom Deutschen Kaiserreich? Sie üben Kritik an Toleranz gegenüber Minderheiten und den Ankommenden, beschimpfen Helfer als »Gutmenschen«, sehen vornehmlich Gefahren und missachten die Trivialität der heutigen Kultur, sprechen lediglich Mozart und Beethoven einen Platz im Himmel der Nationen zu – und arbeiten nicht am Projekt »Wir schaffen das!« mit, sondern torpedieren es ständig.

Jener Felix im Roman kam zunächst aufgrund seines sozialen Umfelds kaum mit neuem rechten Gedankengut in Kontakt. Auch hatte er von deutschen Rechtsauslegern wie etwa den Vertretern der »Konservativen Revolution« der 1920er Jahre Carl Schmitt oder Oswald Sprendler keinen blassen Schimmer. Einzig Hitlers *Mein Kampf* stand auf seiner Liste, weil das Buch heute so leicht zugänglich ist. Er musste es nicht einmal lesen, sondern konnte es hören und tat dies. Erst durch Erik, den Freund seiner Mutter, kam er mit zeitgenössischen rechtsintellektuellen Kreisen in Berührung. Für ihn war das alles Neuland, und der studentische Wiener Patriot Alexander war der erste junge Intellektuelle mit nationalistischem Hintergrund, den er kennen lernte. Dessen Blick vom Feldherrenhügel gefiel Felix. Alles passte so schön zusammen. Die Versatzstücke aus *Mein Kampf* und die Gedanken der neuen Rechten vermengten sich am Ende in ihm zu einer braunen Brühe, an der er zugrunde geht.

Im Roman habe ich versucht, den Leser durch Zitate aus *Mein Kampf* und die Reden von Erik und Alex – sie vereinen in sich neues rechtes Gedankengut – auf Felix' Irrfahrt mitzunehmen. Wie bei vielen Neonazis gehen übrigens auch bei Felix rechte Gedanken Hand in Hand mit wirtschaftlicher Vorteilnahme durch Kriminalität.

Am Ende wird Felix zum Ideologen, der auch über Leichen geht – und scheitert.

Felix ist der Dumme, aber das Gefängnis sein Glück.

Der Knast bietet ihm den Raum zur Reue.

Manfred Theisen, Köln, Juli 2017

Manfred Theisen

Checkpoint Jerusalem – Eine Liebe in Zeiten des Terrors

224 Seiten, ISBN 978-3-570-31107-3

Die Geschichte von Amer und Maya spielt mitten in der zweiten Intifada. Auf dem Weg nach Jerusalem trifft Amer das israelische Mädchen Maya. Maya gefällt Amer sofort. Sie ist hübsch und sehr freundlich zu ihm, dem palästinensischen Jungen. Als er Maya gegen den Widerstand ihrer Eltern wiedertrifft, verlieben sich die beiden. Doch in Amer steigt der Hass gegen alle Israelis auf. Ihre Liebe scheint aussichtslos ...

www.cbt-buecher.de

30266

Manfred Theisen

Checkpoint Europa – Flucht in ein neues Leben

ca. 300 Seiten, ISBN 978-3-570-31076-2

Basil ist aus Syrien nach Deutschland geflohen. Und versucht, hier Fuß zu fassen. Aber er hat nicht nur seine Eltern im Krieg verloren, sondern auch seine große Liebe Sahra. Er und sie wurden auf der Flucht getrennt. So macht er sich auf die Suche nach ihr. Mit von der Partie ist der Journalist Tobias, der sich an ihn heftet, um einen Roman zu schreiben. Basil merkt jedoch bald, dass die Suche ein Wagnis ist, denn die Gespenster der Vergangenheit sitzen ihm im Nacken ...

30267

www.cbt-buecher.de

Manfred Theisen

Weil es nie aufhört

ca. 288 Seiten

ISBN 978-3-570-30902-5

Alissa geht auf die achte Klasse und träumt davon, ihr nächstes Schuljahr in Neuseeland zu verbringen. Alles ist gut. Da lernt sie auf Facebook Leon Mask kennen, einen Typen in ihrem Alter, der sie versteht. Bald chatten beide häufig miteinander. Immer intimere Details tauscht Alissa mit dem Unbekannten schließlich auch via Skype aus. Was sie nicht weiß: Leon Mask filmt mit, als Alissa ihren Oberkörper enthüllt. In der Folge erpresst Leon Mask Alissa, wenn sie nicht das macht, was er will. Als Alissa sich wehrt, tritt Leon Mask eine Cybermobbingkampagne los. Bald nennen sie Alissa an der Schule die „Facebook-Schlampe“. Polizei und Eltern sind machtlos, finden nicht den Täter hinter Leon Mask. Selbst als Alissa die Schule wechselt, folgt er ihr ...

30120

www.cbt-buecher.de

Jenny Downham

Ich gegen dich

384 Seiten, ISBN 978-3-570-30877-6

Seit Mikeys fünfzehnjährige Schwester Karyn von Tom, Sohn reicher Eltern, vergewaltigt worden ist, verlässt sie ihr Zimmer nicht mehr. Mit der Mutter, die trinkt, ist nicht zu rechnen. Alles bleibt nun an Mikey hängen, auch um die kleine Schwester Holly kümmert er sich. Und diesem Tom würde er es am liebsten heimzahlen. Ein Flirt mit Toms Schwester Ellie scheint das einfachste Mittel, um näher an ihn ranzukommen. Doch als Liebe daraus wird, wird die Sache kompliziert: Hält Mikey zu seiner Schwester oder steht er zu Ellie? Und für welche Seite entscheidet sich Ellie? Für ihren Bruder und ihre Familie – oder für den Jungen, den sie liebt?

30235

cbt

www.cbt-buecher.de